那一天，我遇見可以實現願望的神明大人

沖田円 著
En Okita
涂紋凰 譯

前方的道路上會有什麼呢？
我又能做什麼呢？
因為一切尚未可知，
所以永遠都能踏出第一步。

CONTENTS

第一章・被神詛咒的那一天

「七槻，喂！七槻！」

今年的梅雨還真勤勞。不僅比往年更早報到，而且在電視上熟悉的氣象主播說「本地區也開始進入梅雨季節」之後，幾乎每天都是陰天。與其說是陰天，不如說是梅雨天。只是這個說法聽起來也沒有比較舒爽就是了。

可以的話，我想盡量排除令人憂鬱的元素。否則這段不會放晴的日子，心情不但好不起來，更提不起勁。

「七槻千世！」

我撐著臉頰的手滑了一下。視線慌慌張張地轉回教室內，班上只剩下一半的同學，而且剩下的人幾乎都看著我笑。只有班導的表情和其他人不一樣。咦，班會什麼時候結束的？而且，為什麼老師要用那種表情瞪著我？

「老師，你剛剛有叫我嗎？」

「叫妳好幾次了。真是的。」

「有什麼事嗎？」

「什麼叫做『有什麼事嗎？』七槻，妳把志向調查表交出來才能回家。」

聽到老師這麼說，我不禁哀嚎了一聲，想起不知道什麼時候收到、現在應該在包包底部縐成一團的文件。

「啊哈哈，對不起，我忘記了。」

「只剩下妳這傢伙沒交了。話雖如此，那也不是隨便交差就可以的東西。給我認真寫！」

「好。我等一下認真寫完再交。」

「一定要交喔。寫完交到教職員室。」

「好，我知道了。」

「妳再不交，今天我就去做家庭訪問。那就待會兒見了。」

老師說完討厭的臺詞便離開教室，我目送老師離去的背影，然後一股腦地吐出體內的空氣和元氣，對那些還在笑的同學報以尷尬的笑容。打開沒裝什麼東西、扁扁的書包，挖出在角落悲慘地擠成一團的影印紙。那張紙就是志向調查表。

……其實我並沒有忘記。只是我寫不出來而已。

「喂——千世！」

有人拍了一下我的肩膀，回頭一看，紗彌露出「真是敗給妳了」的笑容站在那裡。她接下來應該是要去參加社團活動吧。平常放下的長髮，現在扎起馬尾。髮圈是粉紅色的。那是我們上次一起去購物的時候買的。本來也想和她買一樣的，但我的頭髮長度很難用髮圈綁起來，所以就放棄了。

「我聽說了。妳忘記交志向調查表啊？」

「對啊。雖然很麻煩，但現在不寫不行了。」

「因為老師真的會到家裡去啊！不過，話說回來，千世決定好以後要怎麼辦了嗎？」

「不，還沒。所以老師要我交，我也很困擾啊。」

看著攤開來的影印紙，我又鬱悶地吐了一口氣。這只不過是一張紙。明明就只是一張紙，卻關係到我們的未來。

一年級的時候，還沒要求我們要有什麼具體的想法。雖然都是一樣的調查表，但內容是問學生要選擇升學還是進入職場？二年級開始要選文科或理科？大概就這樣而已。因為這所學校幾乎沒有人選擇就業，所以一開始就毫不猶豫地圈選升學，然後又因為不擅長數學所以選了文科，就這樣交出去了。不必多說也知道，這個選擇非常膚淺。我只想著「總之有交就好、先平安升上二年級再說」。

然而，升上二年級之後，發生了一點改變。高中生活都還沒過一半，就必須開始認真思考畢業後的事情。畢業後指的不只有離開高中後的出路而已。還有更遙遠的、成為大人之後、十年後、二十年後、更久之後的未來。

「是說，紗彌妳填哪一間學校？」

「我嗎？」

「對啊，我都還沒想好要去哪裡。所以我想先填和紗彌一樣的學校。」

紗彌和我的學力半斤八兩，羞恥的是我們成績都算中下。我的運動神經好，但紗彌擅長美術和音樂，而且她人緣佳、個性又積極，就校內評分來說我還輸她一點。我並不會覺得不甘心。也就是說，只要一般科目和我相同水準的紗彌沒有什麼非現實的期望，我跟她填同一所大學，老師也不會嘆氣。

我覺得應該是這樣。

「可是，我不上大學啊！」

「咦，騙人！」

「真的啦。咦，我沒說嗎？我記得跟妳說過啊。奇怪，還是我沒有很認真跟妳說啊？」

「妳都跟我聊一些有的沒的啊！難道，妳是要選就業？」

不會吧。高中畢業就去工作，我真的辦不到。

「不是啦，不是要選就業啦。雖然我也想過這條路，但我覺得我還沒辦法工作。」

「對、對吧。嚇我一跳，以為紗彌先邁入大人的階段了。」

「啊哈哈。我們兩個就算變成老太婆也無法邁入那種階段啦。」

紗彌大笑，兩隻手揮來揮去。她的指尖有點乾燥。

可愛的紗彌非常喜歡打扮。但是她絕對不會在手指頭……指甲上裝飾任何東西。指甲剪得又醜又短，還有一點粗糙。

「我啊，想去讀專門學校，可以學烘焙的學校。爸媽也已經同意了。」

「專門學校？」

「嗯。找了很多地方，還沒有選定要去哪裡，不過我想去能夠成為甜點師的學校。」

「甜點師就是做甜點的廚師對吧！」

「是這樣沒錯啦，這種形容還真有千世的風格啊。」

面對笑容滿面的紗彌，我笑不出來。

太驚訝了。我知道紗彌的興趣是做甜點。而且愛吃甜點的我也很了解紗彌的功力到什麼地步。我從來沒看過她缺席料理社的活動，而且還對每週只有二、三次的社團活動表示「真希望像運動社團一樣每天都有社團活動！」，在她咳聲嘆氣的時候我還必須好好安撫。為了不妨礙做甜點，紗彌總是把指甲剪得很短。紗彌非常喜歡可愛的東西，但無論再怎麼講究服裝和彩妝，她都不會動到指甲。

我知道紗彌很喜歡做甜點，也知道她有多認真，但是我從來沒有想過她會把這個當成未來的職業。這並不是因為紗彌沒有對我說過，而是我心裡沒有這種決定未來的方式。

「老師有問我，不上大學真的沒關係嗎？下次面談的時候，老師大概又會說一樣的話吧。我個人覺得反正也沒辦法考上什麼好大學，這個選擇反而比較實際而且聰明。」

「應該是因為我們高中沒什麼人去讀烘焙專門學校吧。」

我們學校雖然是三流高中，但也好歹算是升學學校，一個班級裡大概只會有一、二個人選擇大學以外的出路。所以我雖然非常了解自己考不上什麼好大學，但也沒想過除了讀不怎麼樣的大學之外還有什麼選擇。

「對啊。所以我們沒有指定學校推薦制度，如果可以的話我想參加推薦入學的ＡＯ考試。不過這些等到三年級的時候再想就可以了。」

「這樣啊。不過，從現在開始應該就有很多該準備的事情對吧。」

「嗯。啊，我得去社團了。千世去教職員室之後就直接回家嗎？」

「我會繞去三波屋買零食再回家。」

「跟平常一樣呢。那妳路上小心。」

「紗彌也是，社團加油喔！」

「謝啦。雖然不是什麼值得加油的社團活動。」

明天見。我目送抓起書包揮手走出教室的紗彌。我站在原地，在課桌上把影印紙拉平，接著在滿是縐摺的紙上隨便填入一間有聽過的大學，然後在最上面填入自己的姓名。把鉛筆盒收進書包後，將影印紙對摺。我決定不再去看那張摺起來的紙裡面寫什麼。

回家前，我再度抬頭看天空。灰色的天空。又薄又厚的雲，彎彎曲曲地浮在那裡，一動也不動。

「你啊，就像我一樣呢。」

我自顧自地嘀咕。天空仍然充滿烏雲，一直陰沉沉地停在原地。

離開學校走一段路之後，就會抵達鎮上的傳統商店街。穿過商店街後，有個充滿懷舊老宅的街區，經過這裡再穿過一條河才會到我家的社區。

上學會經過的這個商店街雖然樸素，但也是個廣受當地居民喜愛、非常熱鬧的地方。我喜歡的和菓子店三波屋也在這條路上，買三波屋的甜饅頭回家是我每天的日常。我今天也像往常一樣，抱著三波屋的紙袋走在傍晚的商店街上，看到附近的大嬸像往常一樣和蔬菜店的老闆聊天，鐘錶行的爺爺也像往常一樣，閒散地在店前抽菸。

每天都一樣的風景。因為實在太沒有變化，我甚至會覺得：自己該不會一直在過相同的一天吧？不過，這當然是不可能的事，離考試的日子越來越近，要交的文件一直沒交，老師的表情也變得越來越恐怖。我也漸漸沒辦法繼續當個孩子。即便再怎麼不情願，也必須前進。

汪嗚——理髮店的柴犬吠了一聲。我認識這隻每天顧店的店犬。我對搖著尾巴的小狗揮了揮手，從理髮店旁進入一條窄巷。

這條小路可以通到商店街的後巷。這是最近閒暇之餘在回家路上探險時發現的地點。這條路的兩旁，一面是商店的後門，另一面是高臺，石牆上長滿樹木。看起來好像是一片樹林，但我不知道裡面有什麼，也沒特別注意。我並不討厭商店街上的熱鬧，但最近很喜歡這個寧靜、人煙稀少的後巷。

一年多了。上高中的時候，我們家蓋了自己的房子，所以差不多就是那個時候搬到這個鎮上。離我長大的城鎮不遠但原本完全不熟悉的這片土地，現在已經變得熟稔，也成為能像這樣偶爾有新發現、令人喜愛的城鎮了。

回家路上買我喜歡吃的甜饅頭，在喜歡的後巷優哉散步，紗彌沒有社團活動的時候，我們會一直聊到天黑。我很喜歡這樣的日常，對這樣的日子毫無怨言，所以我覺得要是能一直度過這種無所事事的日子就好了。在喜歡的地方做喜歡的事，不想太多複雜的問題，到處優哉閒晃。

但我知道那是不可能的。我不可能一直都做一樣的事。總有一天，得向前走。為了成為成熟的大人。我很清楚這一點。

抬頭看天空。今天太陽依然沒有露過臉。

「千世妹妹，快下雨了，不要繞去別的地方，趕快回家吧！」

我想起離開三波屋時，店裡的阿姨這樣對我說過。的確，現在天空看起來一副隨時要下雨的樣子，不過從早上就一直這樣，結果還是沒下雨，所以我想直到我回家應該都會保持這樣的天氣。

——裙子的口袋傳來震動感。拿出手機發現有一封訊息。液晶螢幕顯示寄件人是「神崎大和」。點開訊息，內容有兩行。

「今天是公布常規選手的日子。結果如何我之後再告訴妳。」

完全沒有可愛圖文的黑白文字，我也用相同的風格回應。

「了解。那我就不抱任何期待，等你聯絡。社團加油！」

我心想這與其說是訊息，更像是在打電報，但還是按下送出的按鈕。電子文字瞬間就會傳送到遙遠的手機裡。我關掉畫面將手機收進口袋，一邊想著這個世界還真是方便啊。

雖然傳了「那我就不抱任何期待，等你聯絡」這種話，但其實我不是期待，而是確定。因為去年大和才一年級，就已經在高手雲集的強棒學校入選棒球隊選手。大和今年一定也能入選常規選手。今天晚上肯定會收到「我入選常規選手了」這個和去年一樣的訊息。因為覺得理所當然，所以我也沒有特別期待。

我和大和從出生那一刻開始就一直在一起。在以前住的那個城鎮裡，我們兩家是鄰居。我和他就是所謂的青梅竹馬，生日很接近，幾乎是一起長大，對我來說大和就像家人一樣。

以前住在大型公寓裡，同年齡的孩子很多，但只有大和跟我同年級又住在隔壁，家人和周遭的人必然會把我們視為一體。我並不排斥，大和應該也一樣吧。他沉默寡言個子又高，讓人感覺很難親近，但總是很沉穩、擅長傾聽的個性和莽撞的我很合拍。雖然個性不同，但我們都很喜歡彼此非常契合的絕妙默契。雖然我和大和沒有血緣關係，但對我來說他就像最重要的兄弟一樣。

不過，我和大和絕對無法走上相同的道路。當我發現這件事的時候，大和已經走得很遠了。其實我從小就知道，我們雖然乍看之下並肩而行，實際上卻走在不同的路上。

大和非常擅長打棒球。從少棒隊轉到少年棒球聯盟，升上國中之後，他仍發揮超越周遭眾人的實力。而且是連我這種對棒球一點興趣也沒有的人都看得出來的實力。因此大人都很期待大和將來能成為職業棒球選手。大和不需要大人鼓吹，也把成為職棒選手當成自己的目標。因為他打從心底喜歡棒球。

有別於配合遷居地和學力隨便選擇高中的我，大和是從幾間備選的學校裡篩選出現在就讀的高中。那間高中是棒球隊很強的私立學校，國中時期就經常來挖角大和。

他們學校去年也有晉級甲子園比賽。雖然在第二場比賽時就輸了，但神崎大和的名號應該已經有很多人知道。明明還是一年級，卻能投出難以想像的球。我看到雜誌和電視都表示「那場比賽如果不是因為夥伴接連出現離譜的失誤，神崎大和應該不會在這個階段就止步」。

我每次都呆呆地看著這些報導。知道這傢伙是我青梅竹馬的人都表現出很羨慕的樣子，我只會隨便敷衍一下，然後落荒而逃。無論他多有名，大和就是大和。而且我本來就知道那傢伙只是努力達成夢想，所以沒什麼特別的感覺，只是每次大家說大和「好厲害」的時候，就會提醒我：大和已經走到很遠的地方了。而且，有別於一直前進的大和，我總是停在原地。

我邊走邊打開三波屋的袋子。拿起幾個甜饅頭中的其中一個，大口塞進嘴裡。

突然想起書包裡綴成一團的影印紙。

想起紗彌不可愛的短指甲。

想起大和在甲子園投出的球。

後巷的石板路上，只有樂福鞋踩著地板的聲音。我一個人緩緩地、毫無目的地走在每天經過的地方。

此時，鼻頭突然受到刺激。接著連臉頰也是。

正當我心想怎麼回事的時候，眼前出現一條線，地面上浮出一顆一顆的小點。

「……不會吧。」

下雨了。怎麼這樣？明明一直都沒下的雨，怎麼偏偏在這個時候開始落下來了？而且，剛好碰上今天忘了帶摺傘出門。

「真討厭！」

我把三波屋的袋子塞進書包，重新把書包背帶拉上肩膀。反正都要回家了，稍微淋濕也沒關係，趁雨小的時候趕快回家吧。

我本來是這麼想的，但今天是怎麼回事？連神都討厭我了嗎？

一步、二步、三步。只走了這麼幾步路，就開始下起傾盆大雨。

「哇啊啊啊！糟了！」

宛如打在殺父仇人身上一樣的大雨，瞬間就使馬路積水，我的制服也濕透了。

如果只是稍微淋濕的話也沒什麼大不了，但這實在是太出乎意料了。

「啊，得找可以躲雨的地方……」

我正打算找可以躲雨的地方，後悔剛才沒走商店街那條路。後巷這裡沒有能進去躲雨的店。雖然有屋簷，但這雨勢大到沒辦法靠店鋪後方狹窄的屋簷遮擋。

「嗚哇啊啊啊！」我一邊哇哇大叫一邊跑了起來。樂福鞋已經進水，裙子也黏在大腿上，導致很難奔跑，淋濕的劉海和雨滴紛紛刺入眼裡。本來想用書包代替雨傘，但現在為時已晚了。

……濕成這樣找躲雨的地方也沒意義，乾脆就這樣淋雨回家吧。嗯，這樣比較好。就這麼辦。

我放棄奔跑，放慢腳步的時候突然往旁邊瞥了一眼，真的是偶然瞥了一眼。

我不禁停下腳步。道路旁綿延的石牆，剛好在我停下腳步的地方，有個連接到石牆上的樓梯。樓梯的入口有一座看起來很舊的石製鳥居，大雨中微微能看到上方也有座鳥居——不過和下面這座鳥居不同，上面那座塗著紅色的漆。

「……」

身體在大腦思考前就先動了起來。我一鼓作氣衝上階梯。

那是一座很寬敞的神社。周圍被樹木包圍，在後巷看到的樹林應該就是從這裡延伸過去的吧。這就是所謂的鎮守林嗎？如果包含鎮守林的範圍在內的話，神社的占地應該非常寬廣。

深處有一座大神社，我到神社的屋簷下避雨。屋簷彷彿一道曲線長長地向前延伸，能擋下狂暴的雨滴，最適合躲雨。

我用手撥開黏在額頭上的劉海，解開脖子上那條吸了水變重的領結。擰著裙襬和衣襬，我心想明天確定沒辦法穿這件制服了。

拿出手帕擦了擦臉和手臂，終於能夠稍作休息的時候，我對著神社低頭一鞠躬便坐在階梯上。因為壓迫木頭發出頗大的聲響，仔細一看木地板，發現木紋都很暗沉，想必一定非常老舊了。不過，還是很華麗。從外面看不太清楚，但從門縫間可以稍微窺探到神社內部，莊嚴的氣氛令人感覺這種大雨無足輕重，一直盯著看不禁背脊發涼。我雖然不是什麼虔誠的信徒，但也覺得如果是這裡的話搞不好真的有神靈存在。

只是，神社境內毫無人煙。神社明明這麼氣派，卻沒有神官在這裡常駐。雖然不知道這樣算不算正常現象，不過空無一人的樣子，或許反而更增添一分神秘感。

從紅色的鳥居筆直延伸到神社的石坂參道和樸素的淨手池。佇立於砂石中的石燈籠和狛犬。即便在大雨之中也能一眼望透的砂石地外圍，都被森林包圍。

「之前都不知道耶。」

這種地方竟然有神社。最近幾乎每天都經過下面的巷子，但是一直都沒發現石牆上有神社，也不知道旁邊就有能連接到這裡的鳥居和階梯。可能是我經過這裡的時候沒有太在意周遭，但後巷的高臺這種冷清的地方，應該很難有人會注意到吧。

這種地方應該只有住在附近的人才會知道。

不對，搞不好連住在附近的人都不知道呢。畢竟這裡感覺太冷清了。我能理解現在這個時候不會有神官駐守，突然下起大雨也會導致沒有人參拜，但這裡感覺平常應該也不會有人就是了。雖然不至於荒廢，但總覺得荒涼，應該是說氣氛有點寂寥。

是因為現在下著大雨才有這種感覺嗎？或許只是因為我孤身一人，所以才覺得寂寥吧。

打了個噴嚏後，我吸了吸鼻子。雨越來越大了。

突然不經意地回頭，發現後面看起來歷史悠久的功德箱上，已經斑駁的字跡寫著「常葉」。

……YOKONOHA？TSUNENOHA？我不知道怎麼發音，但應該是這座神社的名字。我沒看過也沒聽過，應該也不是這一帶的地名才對。

「應該也不是JYOUNOHA。」

「是TOKINOHA。」

心臟漏跳一拍。

發現心臟漏跳一拍的瞬間，又覺得心臟快要炸裂了。

身邊有一個不認識的人。

不知道什麼時候，身邊坐了一個人，而我完全沒有發現。

「常葉神社，就是這裡的名字。給我記清楚了，小鬼。」

我仍然處於停止呼吸的狀態，連眨眼都忘記了。

在吵雜的雨聲中，那聲音沒有被蓋過，清晰地傳到我這裡。

「……」

那是個如夢似幻的美麗男子。他擁有令人覺得自己真的看到幻象，完全脫離現實的美貌。毫無缺點宛如人造物般均衡的美貌就已經脫離現實了，不對，應該是脫離人類，再加上銀髮和琥珀色的瞳孔，又讓不真實感更上一層樓。這應該是問十個人，十個人都會說帥的美男子。到了這種境界，已經不是什麼個人喜好的問題了。和欣賞頂級寶石和絕景會覺得美屬於相同的層次，這種情感近似於感動。

他到底是什麼人……難道是妖精？天使？

無須多言，我已經因為他過度美麗的外貌而被震懾。因此，我完全忘了更重要的問題。

「喂，小鬼，妳從剛才就張著嘴。蟲子會跑進去喔。」

他這麼一說，我才終於恢復意識，最先做的事情就是闔上嘴巴。然後暫時將視線從身邊的美男子身上移開，深呼吸，保持冷靜。試著捏了捏自己的裙子。嗯，超濕的。沒問題，這是現實世界。

閉上眼睛，吐出一口氣。然後再度張開眼睛，眼前還是不變的梅雨。

「……」

我驚訝的不是身邊出現絕世美男。當然，這也很驚訝，但在那之前，有人在這裡更讓我驚訝。

我以為這裡除了我之外沒有其他人。我環視周遭一段時間都沒看到人，踩踏地板的聲音明明就很大，卻沒有聽到一點腳步聲。

所以我才會覺得這裡很淒涼。這應該是一座杳無人煙、寂靜的神社。

結果，我身邊突然出現一個人，當然會心臟漏跳一拍啊。

……這個人到底是從哪裡冒出來的？

「妳都濕透了呢。」

然而，美男子比滿心疑惑的我先開了口。看到他從頭掃射到腳的視線，我盡力克制表情，但覺得好丟臉好想死。唯一的救贖，就是幸好透明的上衣裡穿的不是卡通圖案的孩子氣細肩帶背心。

「我沒帶傘，然、然後下雨了。所以，我就想，這裡剛好能躲雨。」

「突然就下起大雨了啊。反正這裡本來就沒什麼人會來，妳可以放心休息。」

「謝、謝謝你……」

「不過，這雨看來暫時還不會停。天空還很陰暗啊。」

美男子身體稍微向後倒並看著天空，他一動就飄出花一般的清香。我偷偷聞了聞自己衣服的味道。沒問題，雖然不香，但也不臭。

「那、那個……」

我戰戰兢兢地搭話，美男子的視線便回到我身上。
「什麼事？」
「那個、呃，你是什麼時候在這裡的？我完全沒發現。」
這個疑問也可以換句話說：你從哪裡冒出來的？
要說這個問題不重要，的確也是不重要，但我就是很在意。
「我一直都在啊。」
「一直？」
「嗯，從妳跑進來之前，我就一直在這裡。」
美男子的表情毫無變化，而且回答的時候也沒有停頓，但是這怎麼可能。剛才的確沒有人，而且他這麼顯眼，我不可能沒注意到。
但我也只能說：「是喔……」他本人都這麼說了，我再刻意反駁反而顯得很蠢，雖然很在意，但這個問題的確不重要。一定是被柱子的影子擋住之類的，腳步聲也被雨聲蓋過了吧。仔細想想也只有這種可能了。
「等到雨停，似乎還要很久。」
「是、是啊。」
我用力吐出一口氣。深呼吸，盡量保持冷靜。
「不過，等雨小一點我就可以跑回家，沒問題的。我家離這裡不遠。」
「喔，這樣啊。妳是這個鎮上的孩子嗎？」

「對，一年多前剛搬到這裡。爸爸蓋了新家。」
「那就是河對面的南區那裡囉？」
「啊，沒錯。」
「原來如此。那附近是新開發的區域，以前那一帶都是稻田。」
美貌青年說了這句話之後，再度抬頭看著天空。天氣從剛才就沒變化，他到底在看什麼呢？
我們兩個人就這樣靜靜地坐著。我們並肩而坐但都保持沉默，旁邊的人看著天空，我則是毫無目的地到處亂看。雨勢沒有變得更強，但也沒有減弱，雨一直下著，完全沒有要停的感覺。制服黏在身上，讓我覺得更悶熱。再加上除了熱之外，還有別的令人出汗的原因。一顆心七上八下，完全靜不下來。
我到底要這樣待到什麼時候才好啊？
雖然很難啟齒，但這個狀況實在很尷尬。就連呼吸都有所顧慮。乾脆讓我昏倒好了。
「……」
坐在身邊的美男子仍然不動如山。在被雨困住的狹窄空間裡，只有我們兩個人獨處。話雖如此，會感覺尷尬的大概只有我吧。從他看著天空、若無其事的側臉，一點也感受不到尷尬。身邊有個陌生的稀世美男和身邊有個淋成落湯雞的陌生女孩，這兩種狀況的心情當然不一樣了。而且我自己就是淋成落湯雞的女孩，和前者放在一起就更待不下去了。但如果立場調換，假設我是稀世美男，也不會想和淋成落湯雞的女孩待在一起。

遠處傳來打雷聲。沒有閃電，看樣子應該是在很遠的地方打雷。

這個人也是來躲雨的嗎？我斜眼看著美男子這樣想。如果是這樣的話，在雨勢減弱之前他應該不會離開，暫時也只能維持現狀了。

不過，他也有可能是這座神社的人。因為他穿著和服，而且不像我只會在夏天祭典穿浴衣，看上去感覺已經穿得很習慣，應該是平常起居都穿和服的人。身著和服再加上他突然出現，的確很有可能就是這座神社的相關人員。

不過，這個推測也有問題。他身上的和服看起來似乎太過華麗──像是女性會用的豪華禮裝──神社的人會穿這麼華麗的和服嗎？我不禁感到疑惑。而且他視覺系樂團般的銀髮也很沒說服力，難道他只是住在附近的瀟灑樂團人？

啊，但是好酷喔，這個人連睫毛都是銀色的。如果是這樣的話，那就是天生的髮色，他有可能是有二分之一或四分之一外國血統的混血兒。而且瞳孔的顏色也很淺啊。真好，好美喔。如果長得這麼美，人生一定苦不到哪裡去。

「喂，都要被妳看出一個洞了。」

「咦？」

側臉緩緩地轉向我。剛才（無意之間）沒禮貌地一直盯著人家看，但他優雅的動作，令我一時無法移開視線。

眼神對上寶石般的琥珀色瞳孔時，我更覺得自己像被蛇盯上的青蛙，渾身動彈不得。

「我說妳這樣一直盯著我，我都要被看出一個洞了。妳看得這麼認真，盯著我看很好玩嗎？」

啊，我只能切腹了。

我的確一直盯著他看，就像要看出一個洞似地，而且竟然被他本人發現，實在太沒禮貌了。怎麼能讓這樣的美男子感到不愉快（雖然也不是長得醜就沒關係）。這下應該不是下跪道歉就能了事，只能切腹謝罪了。

不過，沒想到美男子沒有生氣，甚至還露出像佛祖般的淺淺微笑。已經做好心理準備的我頓時放鬆，原來如此，長得美的人心靈也很美。應該是說，他大概已經習慣有人一直盯著他看了吧。

「沒關係，想看就盡量看。最好牢牢記住我的樣子。」

你看，他還說這種話耶。不過，我也沒那麼想看就是了。他說可以看，我反而不敢看。

不過，除了得到盯著他看的允許之外，還有另一件可喜可賀的事。因為美男子開口搭話，剛才凝結的氣氛才動了起來。在這之前感覺就連活著都要小心翼翼，但現在好像做什麼都不奇怪了。

所以，我從濕答答的書包裡拿出三波屋的紙袋。在我拚命保護之下，裡面的甜饅頭都沒事。雖然買完之後馬上在路邊吃了一個，但紙袋裡還有兩個。嗯，這是打破尷尬的好機會。

「那個，如果你不介意、不討厭的甜食的話，請吃吃看。」

我拿出其中一個甜饅頭，把剩下的那一個留在袋子裡，直接連袋子一起遞給身邊的美男子。

以我的腦袋來說，這是很不錯的點子。雖然不是吃同一鍋飯，但並肩一起吃美食，一定能緩和氣氛。

來，盡情地吃吧！讓我們一起享受這份溫暖吧！

我用非常膚淺的想法面對這件事。

美男子目瞪口呆地盯著紙袋，然後越看眉頭越皺啊！

「小鬼，這個是……」

「嗯？呃……」

糟了糟了。我太得意忘形了。對不起。

可能是我完全搞錯方向了。雖然不知道為什麼，但他看起來超怒的……這次我真的覺得要用盡全力切腹才能收拾場面了。

「小鬼。」

「是、是！」

「這該不會是三波屋的吧！」

美男子用低吼般的聲音說。我尖聲回答「是」。

「這是商店街三波屋的甜饅頭。對不起。」

「妳要給我吃？」

「對，我真的很抱歉。」

他表情越來越凝重，我不自覺地開始咬舌頭時，美男子的表情突然一下子變得開朗。

「謝謝妳，人類的小鬼！」

「咦？不客氣！」

接著他緊緊握住我的手和紙袋。

美男子突然靠過來，俊美的臉就在我眼前。

「妳還真是個好孩子，我最喜歡三波屋的甜饅頭了！」

「咦？啊，是這樣啊……」

怎麼回事，雖然不知道什麼情況，但他應該很高興吧？

如果是這樣的話就好了。不過，為什麼要握手……

「雖然大家都說最近的人很冷漠，不過看起來還是有希望啊。」

美男子放開我的雙手，接過紙袋拿出剩下的那一個甜饅頭，一副很美味的樣子開始吃了起來。雖然我剛才煩惱太多事情，搞得心悸又喘不過氣，但幸好他喜歡，我才能安心大口吃自己的那一份。

「嗯，很好吃。那家店的甜饅頭果然是天下第一啊。」

瞬間吃光甜饅頭的美男子，一臉滿足地舔了舔大拇指上的紅豆餡。

「小鬼，妳叫什麼名字？」

「咦？我叫千世。」

我想盡辦法吞下差點噎住的甜饅頭才回答。

「怎麼寫？」

「一千的千，世界的世，千世。」

「千世啊。原來如此，是個好名字。」

好，千世。美男子喃喃地說。

「為了回報妳獻上的甜饅頭，我來幫妳實現一個願望。」

他豎起纖長的食指。彷彿要掀起地面的大雨下個不停，雷鳴聲越來越靠近。天色由灰轉紫，宛如世界就要終結一樣，看起來非常不祥。

嗯——這樣啊，要幫我實現願望啊。雖然我不求回禮，但有的話對我來說也沒損失，而且人家說要回禮，我拒絕也很失禮啊。話說回來，這個人還真是有禮貌。

那我就恭敬不如從命……

……不對不對不對，等等等等等等。

啥？他剛才說什麼？

願望？

「來，說吧，盡量說，我本人會幫妳實現願望。」

——我聽到腦中傳來某種東西冷卻的聲音。

太驚人了，原來情緒會像這樣冷卻下來啊。幾秒鐘前對眼前這個人懷抱蓬鬆溫暖的粉色溫柔感，瞬間冷凍破裂變成粉塵消失了。不知道是不是我想太多，好像連周遭的空氣都隨之降溫。

「不、不用了，不用客氣。」

「妳不用跟我客氣。最近我總是不太起勁，這麼幸運的機會可沒有第二次，妳就大膽說吧！」

「就算你這麼說我也沒辦法告訴你願望，不是因為我客氣。是說，你要怎麼幫我實現願望？」

他應該不會叫我買要價幾十萬的陶壺或擁有宇宙力量的手環吧？不對，應該沒有哪個笨蛋會對一看就知道沒錢的差勁女高中生（也就是我）下手。

「這個嘛，怎麼實現很難回答。不過，我存在的意義就是實現人類的願望，所以只要我和妳願意，就能實現妳的願望。」

「這樣啊……」

「所以如果妳有真心想實現的願望，我就能幫妳實現。畢竟我就是實現人類願望的神啊。」

喔！這是……他好像輕描淡寫地說了什麼不容忽視的話。

糟了，他根本就不是什麼溫柔的美男子，而是我應該猛烈反省自己沒有隨身攜帶防身警報器的危險分子，我竟然跟這傢伙一起躲雨。

「來，說吧，我今天要好好回禮。不過妳得許可以實現的願望喔。完全不可能的願望，就連我也沒辦法幫妳實現。譬如操控人心、讓人死而復生，或者魅惑所有男人，讓美男子隨侍在側，夜夜沉浸在酒池肉林之類的。」

「不，我沒有這種願望……而且，酒池肉林不能說毫無可能性吧。只要我拿出一點性感魅力，努力一下還是有可能的。」

「妳沒辦法啦。來，快點許願吧！」

「呃，那個……就算你這麼說，我還是不知道要許什麼願。」

有別於稍早之前因為他的美貌而悸動，我現在為截然不同的原因感到非常困惑。希望他不要再逼我回答，稍微冷靜一點。

我終究沒辦法接受一個大人一臉正經地說出「要替我實現願望、自己是神」這些離譜的話。還是說，他只是單純在調侃我？雖然這也令人生氣，不過比起認真說出這些話，調侃我還比較好一點。

「好了好了，快點說，我沒什麼時間。」

美男子用非常認真的表情一直催促我。

「你沒時間的話就算了。」

「那可不行，我已經決定要實現千世的願望了。妳要是就這樣回家，我會一直坐立難安。」

「那就不關我的事了，反正我本來就不知道自己有什麼願望。」

「妳怎麼可以不知道。那是妳自己強烈渴求的東西，怎麼可能不知道。」

「強烈渴求的東西？」

「沒錯。現在這個瞬間最想要的是什麼或者遙遠未來的夢想。」

「夢想……」

我在內心深處苦笑，好像有一根針刺在某個地方。

從那個被刺開的洞流出某種東西，在體內翻攪著。那些東西無處宣洩，填滿我的內心。

「如果是千世這個年紀的話，應該有很多夢想吧。要選出其中一個可能不太容易。」

我腦海裡浮現紗彌把她親手做的甜點遞給我，然後開心地看著我吃的樣子。還有在一片喝采聲中，大和在仲夏的藍天之下孤身立於投手丘上的樣子。

「千世，妳的夢想是什麼？」

——夢想。

我已經說過好幾次，一直問一樣的問題，真的很令人困擾。我之所以困擾，不只是因為他說了奇怪的話，也因為他把擁有夢想當成理所當然的事。

他問我有什麼夢想。我不但沒辦法抬頭挺胸說出自己將來憧憬的樣子，甚至想不到自己有什麼夢想，他這麼做就好像在告訴我：妳已經被大家拋下了。

「……我，沒有夢想。」

「沒有夢想？」

「我沒有什麼特別的夢想。雖然覺得每天像這樣懶散地過日子很不錯，但其實只是不願意去想未來的事情，並不是真的想一直這樣下去。不過，我對想成為什麼樣的人沒想法，也沒有想做的事。」

「怎麼會這樣？」

美男子露骨地皺起眉頭盯著我看，又喃喃地說了一句「竟然是真的」。

「怎麼會這樣？妳真的沒有夢想……」

「嗯？所以我一開始就說了啊。是說，你這是什麼意思？」

「抱歉，我嚇了一跳。沒想到竟然有這種年輕人。不過，這還真是悲傷啊。」

美男子的臉色一沉，表情變得憂鬱——雖然不知道他是出自真心還是看不起我，但無論哪一種都一樣——我瞬間低下頭。當然，並不是因為美男子說的悲傷。

「我要回家了。」

我一把抓起書包。當然，書包仍然濕到會滴水。雨勢一點也沒減弱，藍天仍隱藏在厚厚的積雨雲身後。

「等等，雨還沒停喔。」

「反正都濕了。跑回家就好了。」

即便是傾盆大雨，也比在這種地方好。遲鈍地戳中別人內心的敏感處，還表現出令人摸不著頭緒的同情——他可能覺得自己是帥哥，說什麼都能被原諒，但即便是我也有不能踩的地雷。

悲傷？

別開玩笑了。沒有夢想哪裡不對？

並不是每個人都擁有引以為傲的特殊技能。我沒有喜歡某件事喜歡到可以稱為熱中，也沒有特別景仰的人。明明擁有夢想並非理所當然，為什麼大家都把沒有夢想當成一件壞事？

就算沒有夢想……對將來毫無任何希冀，也還輪不到別人來同情。無論別人怎麼說，都沒資格同情我。

因為我比任何人都知道，再這樣下去不行啊。

「千世。」

他叫我，我也沒打算回頭。

不過，我用雙臂抱緊書包，打算踏出屋簷和雨水的交界時，心裡突然湧現一股惡作劇的想法，於是停下腳步。

「欸，既然你說要實現我的願望……」

我回過頭，俯瞰仍坐在原處的美男子。

「那就立刻讓這場大雨停止吧。」

這種幼稚的刁難方式，連我自己都目瞪口呆。不過，是他先說了瞧不起人的話。

這下我看他要怎麼回答。他是會硬掰還是平靜地轉換成符合大人思維的應對方式呢——不過也有可能延續剛才的角色設定，說這是不可能實現的願望。太天真了，剛才整我整得這麼慘，我一定會報仇。他要是拒絕，我一定糾纏到底！

來吧，美男子，我看你怎麼出招。快點說服我啊！

啊哈哈哈哈，我在心裡高聲大笑顯得興致勃勃。然而，美男子竟然若無其事地回答：

「什麼啊，只要這樣就好了嗎？」

所謂的「撲了個空」就是這麼一回事嗎？

美男子無視目瞪口呆的我，優雅地站起身，緩緩抬頭望著宛如住著魔物的不祥天空。

「雖然不需要千世許願，這場雨也會停。不過，既然妳許了願，我也沒道理拒絕。」

美男子的視線回到我身上。我欲言又止，說不出任何一句話。

我只能看著他宛如寶石般的美麗瞳孔漸漸收縮。

「千世，妳的願望，我聽到了。」

——我瞬間閉上眼睛。

張開因為刺眼光芒而閉上的眼睛後，我看見美男子胸前的雙手手掌散發柔軟的光芒。

「停下這場雨吧。」

他的聲音非常沉穩。沉穩地發散出去，然後融入空氣中。

光芒乘著那句話，畫出一條線升至空中，最後消失不見。

「……」

我看到連呼吸、眨眼都忘記了。

直到最後一滴雨落下來後，我才回過神來。厚厚的烏雲消失，陽光灑落，天空晴朗透明。

快要落下的太陽，光線仍然強烈，即將到來的黃昏正在藍天上蓄勢待發。

雨停了，天空也放晴了。是真的。

「千世，這樣就可以了嗎？」

我沒辦法回答美男子的問題。

我一步又一步地往後退，直到被石板邊緣絆倒，一屁股跌在地上。

屁股好痛。會痛就表示不是在作夢。既然不是在作夢，那就是……真的。

這個人真的讓大雨停下來了。

「喂，千世，妳沒事吧？」

「……你、你該不會，真的是……」

「嗯？」

脖子上滲出討厭的汗水。心臟跳動的聲音很明顯，但我一點也不覺得自己活著。

這到底是怎麼回事。我到底該怎麼辦。我不會生氣，但拜託告訴我這是騙人的。

「你真的是神嗎？」

先說清楚，我家沒有宗教信仰。雖然中元節會掃墓，過年也會去新春參拜，但那就像是參加活動一樣，絕對不能說是虔誠的信徒。

再加上我算是現實主義者，對幽靈、佛祖或者惡魔、天使之類的事情完全沒興趣，當然神也一樣，我覺得這種東西可以當成心靈支柱，但我完全不相信神真的存在，也不認為祈禱就能獲得救贖。

我可以說是完全不信神的人。

「事到如今還問這種問題。我剛才就說了，我是神。」

美男子稍微皺眉的同時，我已經神智不清。

啊啊，這到底是什麼狀況。到底該怎麼辦才好？怎麼做才是對的？

應該先回家一趟再說嗎？應該先回家再思考這件事嗎？

嗯，就這麼辦。我想趕快回家。回家睡一覺，忘記這一切。

「妳應該一眼就看出來了吧，更何況妳還盯著我看了這麼久。人類有可能長得這麼美嗎？」

不，呃，我的確是一直盯著人家看沒錯。雖然我對他脫離人類層次的美感動不已，但誰會想到他真的不是人啊！

「能、能看得見神這件事本來就很奇怪，神不是不能被看到嗎？」

「那是因為我刻意現身，但也可以讓妳看不見我。」

「妳看。」美男子這麼說，接著就瞬間消失，在我的嘴一開一闔的時候，又宛如幻象般出現。

「怎麼樣？」

得意洋洋地說這種話是無所謂，但你難道沒發現我都快昏倒了嗎？

「真、真的是神……」

老師，我不記得在學校學過處理這種情況的方法。遇到神的話，我到底該怎麼辦？

誰都可以，快教教我。

「啊，千世剛才該不會在懷疑我吧？原來如此，所以才會這麼驚訝啊。怎麼這樣，竟然不相信神說的話。」

「不，不不不，怎麼可能。我不是不相信，只是太驚訝而已，沒問題的。」

「這小鬼真是該罰。」

我翻了個白眼。神明本人直接對我說「該罰」，我應該要高興才對嗎？光是幻想遭受業報的畫面，就感覺心臟都要停了。

然而，美男神反而在笑。不是那種令人腳底發冷的嘲笑，而是用讓人安心的表情，沒有發出聲音只是吐氣的笑。

「不過，妳不相信也很正常。這個時代很少有人信神了。這也是沒辦法的事。」

美男子抬高視線，看著以非常不自然的方式變得晴朗、空無一物的藍天。

「這也是時代的變化。經過漫長的光陰，人類已經不需要神，也能靠自己的力量活下去。這不是壞事。」

他這句話不知道是對我說，還是在自言自語。他的側臉看起來在愉悅中帶著寂寞，雖然是神明，但看起來和我們實在太像了。

我覺得他很像人類。

雖然感覺他和人類不同層次，而且實際上真的不是人。他一定沒發現自己現在露出什麼表情，這一點也很像人類。

「不過，千世，這事一碼歸一碼。」

美男子的視線回到我身上，緩緩地搖了搖頭。

「我現在非常心痛，妳知道嗎？」

「咦？」

「妳懷疑我說的話。而且，擁有大好未來的年輕人竟然沒有夢想，就這樣得過且過地活著，實在太令人遺憾了。」

「什麼……！」

竟然說我得過且過。太失禮了。雖然還沒決定將來的事，但也不是什麼都沒在想，我還是懷抱著各種煩惱在生活啊。
「所以啊，千世。」
然而，美男子在我打算回嘴的時候說了這麼一句話，然後——就在我還沒對突如其來的舉動反應過來而全身凍結時——他用雙手捧著我的臉頰。
我一時屏息。
看著琥珀色的瞳孔漸漸收縮。
他離我近到只能看見他的瞳孔，我瞬間閉緊雙眼，在黑暗之中額頭碰觸到柔軟的東西。
「……」
他慢慢放開雙手，我才張開眼睛。眼前是美得令人屏息的笑臉。
周遭靜得連從屋簷滴落一滴水的聲音都聽得見。
「你、你剛才對我……對我的額頭做了什麼？」
「嗯？」
……他對我做了什麼？他剛才到底對我做了什麼？
這個人，親了……我的額頭！
「嗯，我剛才對妳下了詛咒。」
「你親我……什麼……咦？」

嗯？詛、詛咒……？

不是親我嗎？原來是詛咒我？

……詛咒嗎？

「至於是什麼詛咒，妳就好好期待吧。」

「呃，等一下。咦？」

「千世，如果想解開詛咒，明天開始就到這裡來幫忙我工作。」

「什麼？」

不不不，等一下等一下等一下。我搞不清楚這是怎麼回事。為什麼會變成這樣？

「妳應該開心才對。為了讓沒有夢想的妳找到自己的夢想，我才讓妳來幫忙的。」

我先暫時無視那個發出「啊哈哈」大笑聲的神陷入思考。我當然不相信詛咒這種不科學的東西，但剛才已經透過目擊不可思議的現象確認這個美男子真的是神——至少不是人類。也就是說，詛咒應該也是真的。

我現在真的被神明詛咒了嗎？

也就是說，放著不管的話，我身上就會發生不得了的事——會有很可怕的後果是嗎？

「等等，這樣不行啊！快點解開詛咒，現在馬上！」

「不要，也不想想我是為誰辛苦為誰忙。要是解開詛咒，千世就不會來這裡了吧？我可是很了解最近寬鬆世代一碰上麻煩事就馬上逃走的心態。」

「嗚……的確是這樣沒錯。」

「妳只要來幫忙就沒事了。沒關係吧，反正妳一副很閒的樣子啊。」

「你說什麼！」

雖然不能否認我的確很閒。但這真的是多管閒事。我又沒拜託他幫忙找尋自己的夢想。我很了解夢想不是想找就能找得到，也不應該拜託別人——只能靠自己的力量去找。

所以我不打算拜託別人，只能自己努力苦惱。

這是連神都無法插手，只屬於我自己的問題。

「什麼啊，不要擺出那麼凝重的表情。妳只要認真來幫忙，詛咒就不會生效。」

而且這尊神還在說一些方向完全錯誤的話。

「是說，這到底是什麼詛咒？如果我不聽話，會發生什麼事？」

「這是秘密，高級秘密。」

「神、神可以做這種事嗎？你不是守護人類的神嗎？」

「不是說信者得永生嗎？也就是說，非信者就不關我的事了。」

「可惡，這個傢伙！」

怎麼會有這麼惡劣的神。早知道剛才不要想盡辦法刁難他，早早回家就沒事了。不對，根本不應該給他甜饅頭的。只要靜靜坐著等雨停……因為那張漂亮的臉，害我一時大意。

啊，真是的，為什麼我會碰上這種倒楣事？

……不對，等一下。我真的被詛咒了嗎？雖然我親眼看到天空放晴、神突然消失，但詛咒的話還沒看到什麼實證。身體好像也沒什麼變化，說不定這尊神只是為了巧妙地操控可愛的我，而編了一個謊。

不知道是不是聽到我的心聲，這尊美型神擅自在我的書包裡翻找（好像是嚇了一跳跌倒時，書包又被拋在地上），還無視於我的憤怒，取出書包裡的東西。

「有了有了。妳的書包裡完全沒有文具啊。千世，妳看，自己確認一下吧。」

那是我愛用的鏡子。之前被紗彌擅自裝飾得很可愛的鏡子，映著我的臉。

正當我在想這是什麼意思的時候，神伸出手指撥開我的劉海。

鏡子裡的臉，瞬間變得鐵青。

然而，無論我臉色再怎麼蒼白，剛才被親的額頭中心還是透出白色的光芒。

額頭在發光。

「這是詛咒的印記。光芒不久就會消失，不必在意。」

不必在意……額頭發光一點也不尋常耶。

這下我連詛咒的印記都親眼見證了。我已經無法再繼續哄騙自己，只能正視現實了。

聲音從我低垂的頭上傳來。我維持原來的姿勢，緩緩把視線往上移，宛如天使般美麗的容顏正俯瞰著我。對了，他不是天使，是神。

「嗯，看來妳很失望。」

「……你說的工作，是要做什麼？」

「我的工作就是實現來神社參拜的信徒的願望。」

「但我沒辦法實現人類的願望啊。」

「總有能幫上忙的地方吧。對了，還有打掃神社境內、修繕、除草之類的。」

「不就是打雜的嘛！」

「這些是很重要的工作，也是對參拜信徒的一種體貼。絕對不能怠慢也不能輕視這些工作。」

「呃……」

可惡。總覺得我已經巧妙地被操控了，應該是說，我只是被牽著鼻子走而已。在我找到夢想之前——我真的一定要當這尊神的助手嗎？

「對了，千世，妳最好趁現在回家。現在這個晴天沒辦法持續太久。」

神明抬頭看著漸漸染紅的天空。

「……不用你說我也會回家。我覺得累死了。」

我搶回鏡子，一把抓過濕透的書包。就在我一鼓作氣站起身的時候，屋簷落下的水滴打在我的頭上。神展現奇蹟之後，完全放晴的天空仍沒有再度籠罩烏雲的感覺，但我已經很想回家了。

「嗯，路上小心。那就明天再見，我會等妳，一定要來喔！」

「好、好啦好啦。」

「對了，還要帶伴手禮過來喔，三波屋的甜饅頭就可以了。」

「誰會帶伴手禮來啊！」

雖然我很想揍他，但我實在沒那個膽，所以只能一邊在心中盡情大罵，一邊跑過石板路，穿過兩隻狛犬之間。

「千世。」

他喊了我的名字，於是我回過頭。

「我叫做常葉，是住在這座神社的夢想之神。」

他在照不到夕陽的遮蔽處溫柔地笑著。銀髮飄逸，琥珀色的瞳孔閃閃發亮。

「我明天也會在這裡等妳。千世，明天見。」

他對我揮了揮手，但我沒有回應，很快就跑離短短的參道。我在鳥居的正下方回頭看過一次，但神——常葉已經不在那裡了。

「常葉。」

我抬頭望著紅色的鳥居，再望著遠處開始染上橘紅色的天空。

此時，我才發現本來濕透的制服和樂福鞋，不知道什麼時候和天空一樣都已經乾了。

深吸一口氣，重新揹好書包，我三步併兩步地快速跑下仍然潮濕的石階。

第二章・在人生的分歧點迷失

結果今天一早就開始下雨。學校裡充滿濕度爆表的梅雨空氣。天空比昨天更陰暗，就連天邊應該有太陽的這個時間都像天快要黑了似地顯得灰暗，到處充斥著令人不舒服的氛圍。六月的雨聽說是為了讓人撐過夏季而降下的恩惠之雨。即便如此，天氣如此陰沉，實在令人高興不起來。

不過，我今天的心情其實和梅雨一點關係也沒有。我的心情之所以和潮濕的天空一樣是另有原因的。

「千世，妳今天好像很沒精神耶？」

我趴在桌上，聽到有人突然一屁股坐在椅子上的聲音。雖然聽聲音也知道是誰，不過光聞味道也能辨別。因為她身上總是有巧克力或砂糖之類的香甜味道。我就像是被味道吸引的螞蟻一樣抬起頭，坐在前座的紗彌笑著看我。

「紗彌，我啊，超有精神的，所以不必擔心。」

「不，妳沒精神到讓我嚇一跳耶。妳怎麼了，有什麼不開心的事嗎？」

「嗯，對啊，算是吧。」

「哎呀哎呀，吃下這個打起精神來吧。」

桌上那些紗彌親手做的餅乾就是我生命的泉源。兩人一起邊啃餅乾，邊看著宛如一片大海的窗外景色。最近經常下雨，所以操場大多時候都無法使用，早上會用到操場的運動社社員都咳聲嘆氣地說：「又要在校舍裡鍛鍊肌肉了。」

天色很暗，雨使勁打在窗戶上，使得玻璃映出教室內的景色。

「所以到底發生什麼事了？」

我的視線和映在窗戶上的紗彌相對。紗彌這種時候最恐怖，她擅長觀察人，對情緒的變化很敏銳。

我一邊嚼著餅乾一邊把手伸向自己的額頭。額頭上已經什麼都沒有了。直到昨天睡覺之前都還有微微的光芒，早上照鏡子時就完全消失了。不過，總覺得有些許溫暖感。雖然沒有任何肉眼可見的痕跡，但就是知道那個位置有些什麼。

「那個啊，其實，我昨天……」

「嗯嗯。」

「被神詛咒了。」

雨勢唰地一聲變得更強了。

雨水唰唰地打在窗戶上，好像刻意在挑釁一樣，紗彌單手拿著吃到一半的餅乾，深深皺著眉頭。

「千世……妳到底怎麼了啦。我本來只是隨口問問，現在是真的擔心妳。」

「是因為我被詛咒？還是因為說出詛咒這種話？」

「當然是後者啊。千世，妳應該對咒語或超自然現象不感興趣吧？」

當然。不是過去式，而是現在進行式，我毫無疑問是現實主義者，所以自己也很清楚說了很蠢的話。而且現在如果有人告訴我「世界上沒有那種東西，那只是一場夢」那我一定超開心的。

但是昨天發生的事情千真萬確。就連我回到家之後，額頭還在發光。為了不被爸媽發現，真的費盡心思。

「怎麼辦，紗彌，我不想受詛咒而死！」

「等等千世，冷靜一點。是說妳真的被詛咒了？被神詛咒？」

「所以我不是說了，真的被神詛咒了啦。紗彌不相信身為閨密的我嗎？」

「相信也有個限度啊。不過，我也沒辦法放任妳這樣沒精神。」

紗彌把餅乾塞進我嘴裡，雖然難以釋懷但我仍然咀嚼著滿嘴的餅乾。好吃好吃。

「所以千世到底被哪裡的神詛咒了？」

「呃，是常葉神社的神。」

「常葉神社，好像是商店街後面的神社對吧？」

「啊，紗彌知道啊？」

「我小時候和奶奶去過幾次啊。是在高臺上的神社對吧？我已經很久沒去了……是說千世為什麼會去那裡啊？」

「昨天回家的時候突然滂沱大雨，所以想說到那裡躲個雨。」

唉，要是沒那場雨的話……或者有帶傘的話，就不會淪落到這般田地了。但是無論再怎麼後悔都無濟於事。

「原來如此，昨天的確下了一場大雨，原來是被那裡的神詛咒啊。」

「紗彌，妳相信我說的話了？」

「不，我完全不信，但是好像很有趣，所以打算多問一點。」
「什麼……！」
「所以千世為什麼會被詛咒？妳做了什麼壞事嗎？偷了香油錢之類的？」
「我怎麼可能做那種事！」
我稍微發了一點火，要紗彌別把話說得那麼難聽，然後把昨天發生的事告訴她。
說完之後，換來一頓爆笑。不知道哪裡戳中笑點，紗彌捧腹大笑，最後甚至像個老頭似地嗆到。之後她終於抬起頭，但還是笑個不停。
「不過，那個神人很好耶。不管怎麼說，還是實現了千世的願望啊。」
「隨隨便便詛咒別人的神哪裡好啊？我氣到不行耶！」
「只要妳去幫忙不就沒事了？當神的助手可是很稀罕的經驗耶。對妳也沒損失啊！」
紗彌好像覺得自己說的話很好笑，整個人向後倒又接著笑了一聲。
「……紗彌，妳覺得我是笨蛋對吧？」
「怎麼可能。而且，我覺得那個神明的提議很好。」
「提議很好？」
「在千世找到夢想之前到他那裡幫忙的提議。」
紗彌的手肘放在桌上撐著臉頰，用貓一般的圓眼抬頭看我。

「昨天千世好像也不知道要在志向調查表上寫什麼。妳還沒決定未來要做什麼對吧？」

「嗯，是這樣沒錯啦。」

我嘆了口氣，再度趴在桌上。木製的書桌因為下雨的濕氣，飄出討厭的臭味。

「紗彌真好，我好羨慕妳。」

「羨慕什麼？羨慕我很美？還是很懂得交際？」

「雖、雖然這也很羨慕……不過我更羨慕妳有明確的夢想。」

畢竟朝著夢想努力很帥，而且光是這樣就覺得未來的路一片光明啊！再說了，如果我像紗彌一樣有明確的夢想，就不會被惡劣的神詛咒了吧。

「啊——為什麼我會這樣呢？」

都已經高二了，還沒辦法好好思考自己的事情，真是太廢了。不只被周遭的人拋棄，現在還碰上這麼可怕的災難。

大家都是怎麼找到夢想的呢？

「但是我啊，反而很羨慕妳喔！」

紗彌一邊拿起餅乾一邊喃喃地說。

「羨慕我嗎？」

「嗯。因為沒有夢想，就表示接下來可以有各種夢想啊！」

小小的餅乾啪地一聲折成兩半，其中一半消失在紗彌的嘴唇深處。

「這樣想起來還真令人羨慕。雖然說沒有夢想聽起來很遜，但那不就表示接下來有無限可能嗎？」

剩下的半塊餅乾也一口就被消滅了。不知道是不是融化的巧克力沾到手指，紗彌舔了一口沒有任何裝飾的指尖。

「無限嗎……」

「嗯。妳可以選擇任何道路，我覺得這很厲害耶。」

紗彌咧嘴笑著把餅乾塞進我嘴裡。把紗彌親手做的餅乾咬碎推進肚子裡，味道果真是沒話說啊。

「不過，也有可能代表每條路都不能選啊。」

「話是這樣說沒錯啦。這個問題我也會碰到。畢竟有夢想，也不見得會實現，這種事又不是只要努力就能有什麼保證。還需要才能、運氣，有時候甚至需要金錢。」

「好嚴苛喔。」

「要作夢也要懂得現實情況啊。不過，我覺得用盡全力掙扎、迷惘並不是壞事喔。」

「是這樣嗎？」

「不好說。」

我一邊驚訝於紗彌若無其事的回答，一邊拿起新的餅乾。外面下著大雨。打在窗戶上的雨，變成好幾條線往下滑。

我覺得紗彌好耀眼。

果然還是紗彌比較值得羨慕。她知道該往哪裡前進，知道自己應該走的道路。正因為我不知道該走哪一條路，所以更加了解這真的很厲害。雖然她說我有無限的可能，但實際上並非如此，我甚至覺得自己連一種可能性都沒有。

我真的還不知道可能性在哪裡。該怎麼做才能找到接下來的路呢？該怎麼繼續前進才好呢？該怎麼做才能成為不同於任何人、獨一無二的自己呢？我不知道方法。

「話說回來，千世！」

紗彌突然探出身子，毫不在意我因為嚇一跳而嗆到，露出微妙的開心笑容繼續說：

「妳青梅竹馬還沒傳來報告嗎？」

「……報告？」

「差不多是這個時候吧？我想說這個時間差不多該決定了。」

她這麼一說，我才想到。她是在問我的青梅竹馬，棒球少年大和今年會不會進常規軍。紗彌也是高中棒球的紛絲。

「嗯。昨天晚上有傳訊息來，說是會穩穩地成為投手。」

「喔喔，不愧是神崎同學！果然，那間學校的王牌就只有他了啊！」

「是這樣嗎？」

「對啊。是說千世去年不也去看了甲子園的比賽嗎？能投出那種球的人不多啊。」

雖然我適時地回應一下大笑一下生氣、總之很興奮的紗彌，但很不巧，我對棒球一點也不了解。雖然從小就經常去參觀大和的比賽，但從來沒有對運動本身產生興趣。說實話，規則我至今也沒有搞懂。以前大和曾經教過我，但我的理解只停留在打擊對方投過來的球然後跑壘而已。

不過，打棒球的大和倒是怎麼看都看不膩。無論是去年在甲子園久違地看到大和比賽的時候，還是以前手牽手睡在同一個被窩的孩提時期都一樣。從以前到現在，一直都看不膩。

大和穿著制服戴上棒球手套、手裡握著球的時候，比整個宇宙的任何一個人都美麗。滿身是汗水和泥土的臭男生，用美麗這個詞形容可能有點奇怪，但我覺得這個詞最適合。不是好帥也不是好棒，打棒球的大和就是比其他人都美。

「神崎同學高中畢業後打算進職棒吧？」

「嗯，他是這樣說。那傢伙真的很氣人，連功課都很好，所以考大學應該也沒問題。」

「但是他上大學就太可惜了，他在新人選秀會上的排名一定很高。」

「我是不太清楚那方面的事啦。不過，他本人是想參加職棒。」

而且，他也正在為這件事努力。雖然他的努力非比尋常，但我從沒見過他喊苦。無論多麼辛苦，對大和來說那都不是在努力。

——他只是單純喜歡棒球。我沒有努力，而是因為喜歡才一直持續，所以不覺得自己在努力。

他曾經這麼說過。每次只要有人說「你很努力呢」，他就會感到疑惑。我一邊毫無誠意地回應，一邊聽他說這些事。

「千世今年也會去看甲子園嗎？」

被紗彌這麼一問，我模糊地點頭。

「如果大和他們學校有進決賽的話。但是要先通過預賽啊。要先打贏預賽才行吧？」

「神崎同學的學校一定可以啦。啊，我今年也去看比賽好了。」

紗彌很快就接著說「那得趕快存錢才行」，我笑著說她未免也太性急。大和必須在接下來快要開始的預賽中獲勝，才能前進甲子園，這似乎遠比我們想像的還要難很多。不過，每次想到這條路有多難走，就會覺得一步一腳印地跨越難關的大和，真的是一個了不起的傢伙。

我和三波屋的阿姨已經很熟了。這是我每週會光顧二、三次的店。因為這樣，我擁有常客的待遇，雖然有點害羞，但又覺得很高興。

「午安。」

「哎呀，千世妹妹，歡迎光臨。連續兩天都來還真稀奇。」

「啊哈哈……那個請給我兩個山藥甜饅頭。」

「好的，我馬上準備。」

阿姨很熟練地將甜饅頭裝入紙袋，因為還下著雨，所以幫我在紙袋外套了一層塑膠袋。

「謝謝。」

「我才要感謝惠顧呢。雨好像快停了，但還是要小心喔。」

我一邊回應一邊接過甜饅頭，結果阿姨從櫃檯探出身子說了句：「話說回來……

「昨天不是從傍晚就開始下大雨嗎？但是，中間曾經突然轉晴，妳知道嗎？」

「咦？」

「千世妹妹那個時間應該已經到家了吧。明明雨很大，結果一回神就發現雨突然停了。」

「咦、呃……我不知道耶。」

「但是不到一個小時又開始下雨了。天氣好像很不穩定耶。明明不是秋天，天氣卻這麼容易轉變。」

我對疑惑的阿姨隨便回了句「可能是吧」就慌慌張張地離開店面。在屋簷下打開傘，水滴便隨之彈起。我撐著紅色的小雨傘，走在力道轉弱的小雨中。單手拿著三波屋的甜饅頭，踏上平常輕鬆散步的道路，但今天腳步有點沉重。

登上石頭階梯，穿越紅色鳥居之後，可以看見一條短短的參道，參道深處有一座神社。長長的屋簷下，那傢伙笑嘻嘻地坐在和在昨天一樣的位置。

「妳來了啊，千世。」

其實昨天的一切都是夢。我本來稍微期待會有這種事會發生，但現實好像比小說還驚奇。頂著一張絕美的臉，不停揮著手的樣子實在很可恨。

「好慢喔。我等妳等好久。」

「我要上學，所以也沒辦法啊。這個時間已經是下課馬上趕來了。」

「這樣啊，心態很好。我擔心妳不來了呢。」

「如果沒有被詛咒的話，我的確是不會來。」

「那就表示沒有白費我的詛咒，等得我都累壞了。」

「好啦好啦。」

我一邊嘆氣一邊收拾摺傘。雖然不知道他是神還是什麼生命體，但我不打算在這傢伙面前講究什麼禮儀或禮貌。

我放下書包，一屁股坐在常葉身邊。我徹底伸展腿和背部放鬆身體，各關節喀答喀答地響。最近老是下雨，總覺得心情憂鬱，導致累積了不少疲勞。

「千世還真是個粗魯的孩子。如果不優雅一點，以後可嫁不出去。」
我伸展手臂的時候，常葉在一旁皺著眉頭。
「你要是繼續說這種話，就沒有甜饅頭吃了喔。」
「什麼？」
常葉的眼睛突然張大，當我秀出剛才買的那一包紙袋，他的表情馬上變得柔和。
「千世一定能找到好婆家的。」
「明明是神，卻這麼勢利！」
兩人看著漸弱的雨勢，一邊吃起甜饅頭。客觀地想想現在的樣子，簡直就像坐在緣廊喝茶度過餘生的老夫妻一樣。
「俗話說『美人看三天會膩，醜女看三天會習慣』。即便是絕世美貌的神，過了一天也就看習慣了呢。」
「因為我是貼近庶民的神啊。不是彰顯神聖感讓人不敢直視，而是令人留下深刻印象，廣受愛戴的類型。不過，我和一般的美人不同，絕對看不膩，所以千世也可以盡量看。」
「好啦好啦，我之後再看啦。」
時間緩緩流淌。大顆的水滴在屋簷邊緣膨脹落下。
「嗯，雨停了。」

吞下最後一塊甜饅頭的常葉突然說了這句話。下個不停的雨終於停了，聽說明天會久違地徹底放晴。

「這不是你的傑作吧？」

「不是。我只能幫千世實現一次願望，昨天算是招待。」

「我又沒有那麼想要雨停，不至於每次都許這種願。」

扭曲而厚重的巨大烏雲移到別處去了。天空變得比較清亮，但也漸漸接近黃昏時刻。

鳥在某處啼叫，遠處傳來商店街熱鬧的聲音。

「我說常葉啊，這裡沒有神官嗎？我都沒看到人類耶。」

雖然有類似辦公室的地方，但和昨天一樣，神社境內完全沒有人煙。我是不知道最近神社的狀況，難道本來就這樣嗎？

「有名義上的神官，但幾乎沒出現過。以前確實有常駐的神職人員。」

「是喔，但是這裡完全沒人在管理啊。神社這麼老舊，好像也沒人在打掃。」

「有時候是鎮上的人輪流過來打掃，但說到這個，最近人數也減少了呢。」

「這樣不行，這種事要確實做好才行啊。」

「哎呀，打掃交給妳就好，而且沒有多餘的人，我才能徹底使喚妳，所以沒關係。」

「現在這對我來說就是最糟的狀況啊！」

大家應該要更重視神明才對！就是因為現在這樣，可愛的女高中生才會被犧牲啊！

「……話說回來……」

「什麼？」

「我問一下，有人會來這裡參拜嗎？」

雖然不能認同連打掃都要我來做，但又覺得好像明白為什麼他要把雜事推到我身上。雖然說是要幫忙神明工作，但感覺這裡不會有那類的工作上門。如果是最近以超自然景點為賣點廣受歡迎的大型神社也就罷了，這種蕭條小鎮的神社，現在應該沒什麼人會來參拜。

「真是失禮。偶爾還是會有人來的。」

「偶爾來啊……那我今天可以回去了吧？現在絕對不會有人來了啦。」

「不行。」

「你這尊神還真是小氣耶，我剛才不是給你甜饅頭了嗎？」

「明天也要帶甜饅頭來喔。」

「不要，這樣會用光我的零用錢。」

就在我吐出舌頭的時候，常葉「喔」了一聲。

「妳看，來了，是參拜者。千世，快閃開。」

「咦？什麼？什麼意思？」

原本坐在神社正中間的我，被常葉推到角落去。正當我在想這是怎麼回事的時候，過了一會兒，看到有人從鳥居後的階梯走上來，露出一顆頭。

「哇啊，真的來了。」

「所以我剛才不是說了嗎？」

來人右手掛著摺傘，身穿高級的服飾，是個看起來很優雅的老婆婆。老婆婆穿過鳥居，一看到我們便笑著說「哎呀」。

「你好。」

「妳好，辛苦妳了。」

「彼此彼此。」

來到神社前的老婆婆也以流暢的動作對我低頭致意。

比起遠看的印象，近看感覺年紀更大。她可能比我奶奶更年長呢。看樣子她和常葉熟識，該不會連這位老婆婆都是神吧？

「雨停了呢。」

「是啊，據說明天會久違地放晴一整天。」

「對啊，話說回來，昨天傍晚也突然放晴了呢。」

「那是神的一時衝動。」

「呵呵，或許真的是這樣呢。」

我心臟漏跳一拍而且冷汗直流，一旁的常葉優哉地抬頭看天空，老婆婆開朗地微笑著。

「對了，今天沒有買甜饅頭，所以我來投香油錢。」

老婆婆從包包裡取出錢包，拿出零錢投進功德箱，拍了兩次手之後，對著神社合掌。

雖然只有一下子，但時間好像停止似地緩慢流動，這段期間我和常葉靜靜地看著老婆婆。

「好了，不好意思打擾你們，我還是儘早回家好了。」

最後鞠躬抬起頭的老婆婆好像生怕打擾我們似地，參拜結束後很快就拿起摺傘回到短短的參道上。穿過鳥居的時候，她轉過身向我們點頭致意，然後才慢慢走下石梯。

我目送她離開，直到看不見小小的頭為止。神社又只剩下我和常葉。

「……別人也能看得見你呢。」

剛才的老婆婆是來參拜的，所以應該是人類，她和常葉的對話看起來很熟稔，感覺以前已經見過好幾次了。

「是啊，我認識很多住在附近的人喔。」

「神明這樣也沒關係嗎？」

「他們不知道我是神，安乃也不知道。附近的居民應該只覺得我是個不知道在做什麼、有點不可思議的美少年吧。」

「安乃？」

「是剛才那個人的名字。」

「是喔。」我若無其事地搭話，一邊想著剛才老婆婆許了什麼願。合掌的老婆婆，表情看起來很安穩。

「……是說，剛才那個就是工作對吧？」

「嗯？」

「實現來參拜的人的願望就是你的工作吧？現在可不是發呆的時候。」

對這座沒什麼人來的神社而言，剛才那可是為數不多的機會。下次不知道什麼時候才會有人來參拜，所以絕對不能錯過這次。而且，還要趕快解開我身上的詛咒才行。

「不，安乃沒關係。她不是為了許願來這裡的。」

「咦？是這樣喔？」

「這是她每天的例行公事。就像千世每天都要去上學一樣，安乃也會來這裡。」

「這樣啊……的確，也是會有這種人。」

一不小心就嘆了口氣。本來想說能盡快解脫，看樣子事情沒那麼簡單。

「啊——不能早點結束嗎？」

「我先說，只有實現願望是不行的。光是這樣無法解除詛咒。」

「咦？是這樣嗎？你不是說只要幫忙工作就會解除了嗎？」

「這樣就沒有意義了啊！千世必須確實找到自己的夢想才行。」

「什麼嘛，就跟你說這是多管閒事！」

我鼓脹著一張臉，常葉反而開心地笑了。優哉的神明激怒人類也毫不在意。

常葉用指尖捏起不知道從哪裡飛過來的樹葉，一邊轉一邊遮住太陽。透著光的葉脈後，到底能看見什麼呢？幾乎像樹葉一樣透明的美麗側臉到底在想些什麼，我完全摸不著頭緒。

我又再度嘆了一口氣，抬頭看著仍有雨水氣息的天空。

「那個，剛才的人……安乃女士，從以前就會來這裡嗎？」

「我從她比千世還小的時候就認識她了。」

「這樣啊。很難想像比我年長的人，更年輕的時候耶。」

「安乃也是個沒有願望的人。安乃只對我許過一次願，我也只幫她實現過一次願望。」

「只有一次？」

「嗯。不對，這和沒有願望是兩回事。安乃那個唯一的願望，是她一生的夢想。那個願望筆直地指引她前往應該踏上的道路。」

常葉彈了一下樹葉，那片葉子就浮了起來，像氣球一樣飄動。毫無目的、在空中飄蕩的樹葉，就像雖然迷失但暫且停在一個立足點上的我一樣。

筆直地前往自己應該踏上的道路。紗彌和大和的心裡一定也能清楚看見那條道路吧。他們都清楚知道，從現在的位置該往那裡走。但我不知道，下一步到底該踩在哪裡？

「……我不覺得以後能找到。」

我喃喃自語後，常葉問：「找到什麼？」我看著樂福鞋鞋尖上透明的水滴。

「自己要走的路啊。你好像想讓我找到夢想，但這種東西我根本連該怎麼找都不知道。」

我小時候一定有過夢想。譬如想成為動畫裡能使用魔法的超強英雄或者想到外太空見外星人、開發時光機之類的。但是長大之後，那些夢想漸漸消失。不是我捨棄這些夢想，真的是在不知不覺間自動消失得一乾二淨。

我認為應該是因為我慢慢開始了解很多事情。了解這個世界、了解我自己。

我只有在小學的時候，算術比別人強一點。國中的時候跑步比別人快一點。真的是沒有可取之處到超乎自己想像。非常普通。沒有發生過什麼劇烈的轉變。就算努力，也不會出現像成功者說的那種結果。

這個世界上有七十億人。我只是七十億分之一，只是龐大數字裡的其中一個。我的痛苦和煩惱無法和別人分享，但又沒辦法成為獨一無二的自己。我覺得我辦不到。

烏雲散去的天空出現夕陽，天空不知不覺變成橘紅色。我聞到雨停的味道。即便天空放晴，我的心仍然充滿盤旋的烏雲。

「千世。」

常葉突然站起來。唰——我聽到木屐踩踏砂石的聲音。

「我並不是希望妳擁有夢想，而是希望妳不要忘記追求夢想的心。」

「那是什麼意思……有什麼不一樣嗎？」

「不一樣。」

我抬起頭的時候，常葉轉過身。他的頭髮反射夕陽的光線，輪廓閃閃發亮。美貌的神明用夢境般的美麗容顏對我微笑，我什麼話都說不出來，只是一直凝視他睫毛深處的琥珀色。

因此，待我發現他向我伸出手臂時已經太遲了。正當我覺得奇怪的時候，纖長的手臂環繞在我的腰上，等我回過神來，已經被常葉扛起來了。

「……咦？」

「千世意外地很輕啊。比一袋米還輕，多吃點飯！」

「等等，咦咦咦咦！」

這是怎麼回事？為什麼會這樣？

為什麼我現在會被他扛起來啊？

至少也來個公主抱吧！

「你在幹嘛？」

「沒辦法只好把妳扛起來了。」

「不要說得好像我拜託你一樣！快點放我下來！」

我就算亂動，神明也一副理所當然的樣子毫不在意。但我繼續掙扎亂叫時，他打了我的屁股，還嫌我吵。看樣子我已經嫁不出去了。

「馬上就放妳下來，乖乖閉嘴。」

常葉一副嫌麻煩的樣子說了這句話，便扛著我走出屋簷，接著飛了起來。

聲音消失，我感覺到風。

看著越離越遠的地面、腳下的鳥居、飛過眼前的烏鴉。

對著低沉的太陽，我差點流淚。

「嗚哇啊啊啊啊啊啊！」

「吵死了。」

「飛起來了啊啊啊！」

「吵死了。」

整個神社境內充滿我的尖叫聲，但那只有一瞬間，在我還沒叫完的時候，常葉就粗魯地把我丟在某個地方。我喘著氣，淚眼確認照理來說已經遠離的地面，但腳下踩的不是地面，而是瓦片。而且還差點在被雨淋濕還沒乾的瓦片上滑倒。

「哇啊啊啊！這、這是在屋頂上？」

「對啊。」

「等一下，會掉下去……！」

「不會掉下去，有我在。」

一旁的常葉摟緊我的腰，然後說「妳看」並指著後方。

「這是本神社最自豪的寶物。」

我一把眼淚一把鼻涕，誠惶誠恐地回頭，看到眼前大片的綠意不禁張大嘴巴。

——一陣強風吹過。猛然抓住和服的手上，落下細細的水滴。

那裡有一棵大樹。神社後面的鎮守林裡，有一棵特別高大聳立的樹木。雖然寬廣的森林到處都是樹木，但那棵大樹比其他樹木更氣派。比神社屋頂更高更寬的綠色樹冠，壯觀到令人震懾不已。

「好大的樹……我都不知道這裡有這麼大的樹。」

「這棵樟樹在建神社之前就有了。不知不覺間長得比神社的屋頂還大。」

「好厲害，感覺很神聖。好像裡面有神靈一樣。」

「妳這傢伙忘了我才是神吧？」

每次風吹過，巨大樟樹的上千片樹葉就會搖動，反彈出雨滴。我覺得樟樹溫柔地包容並守護著水滴折射的光線、樹葉的摩擦聲等整座森林的一切。

「人的生命和樹木一樣。」

「千世。」常葉輕聲地喊了我的名字。常葉伸出的手指，從看不見的樹根處開始慢慢往上畫。

「一開始，所有人都是一棵樹的樹幹。誕生在這個世界上後，受到關愛、學會語言、和他人接觸，然後才慢慢開始走向不同的道路。」

他的手指從樹幹指向粗壯的樹枝。這些樹枝繼續延伸，又分成好幾根新的細枝。就這樣不斷延伸，往不同方向伸展。遠離樹幹，朝向遙遠的天空，往任何方向發展。

「人的道路不需要尋找，本來就一直都在。從一開始出發的地方分出無數條岔路，長遠地連結到未來。大家可以自由選擇要走哪一條路。人們各有自己的夢想，以夢想為指標就會找到自己的路。岔路很多，有可能會迷路，也有可能會感到害怕。即便決定回頭也無所謂。這就是人類。無論停下腳步幾次，遇到多少迷惘或挫折，只要有指標，就永遠能踏出下一步。」

常葉用手掌接住飄落的樹葉。四處伸展的無數樹枝上，那些茂盛青綠的樹葉。

「就像常綠的茂密樹葉，翹首盼望某日花開一樣。明確的指標永遠不會消失，只要抬頭仰望天空就能看見。」

森林開始騷動，紛紛濺起小水滴。沐浴在夕陽之下的水滴，就像散落的星辰般，發出白色的光芒。世界變得閃耀輝煌。

「千世，要懷抱夢想。無論多微小、模糊、無足輕重也沒關係，只要在妳心中堅定存在即可。追尋這些小小的標記前進，就能踏上自己的道路。」

我沒辦法回答，只是凝望著他美麗的側臉。

未來的路、我自己的路。我一邊仰望眼前的大樹，一邊思考自己處於什麼位置。我一定還離樹幹很近吧。我應該在樹幹直接分生的粗樹枝，也就是最一開始的岔路上。因為還不知道分成好幾根細枝的路要選哪一條前進，所以才會一直停在原地，迷惘地在相同的地方打轉。

我自己也知道，不能一直這樣下去，否則只有我會被留在原地。

即便如此，我還是不知道。不知道自己想做什麼、想成為什麼樣的人，也不知道自己能做什麼。我甚至覺得世界上會不會根本沒有我想做的事，也覺得自己做什麼都不會成功。

「……」

常葉的手掌輕輕放在我低垂的頭上。出乎意料的溫柔舉動，讓人不禁鼻頭一酸，我慌慌張張地咬緊嘴唇。

「喔！」

就在這個時候，常葉喊了一聲。

「……什麼？」

「今天生意真好。千世，快蹲下。」

「咦？嗚哇！」

他突然壓下我的頭，害我差點滑倒。常葉抓著我的後頸，站穩後才發現有個小小的人影穿過黃昏的鳥居。我們躲起來從屋頂上露出臉窺探，看見一個年紀應該是小學生的女孩沿著參道往這裡跑過來。
「是來許願的嗎？」
「當然啊，我這裡可是神社耶。不許願來這裡幹嘛？」
「很難說啊。可能是來惡作劇的，譬如說偷香油錢之類的啊！」
「如果是那種孩子，我會降下天罰，讓她作業永遠寫不完。」
「好恐怖！」
——我聽到零錢哐噹一聲投入功德箱的聲音，還有拍手的聲音。看樣子小女孩是認真來參拜的。
這時候，常葉用力握緊我的手。我只有一瞬間對這個動作感到驚訝，在我氣得想大罵「你幹什麼」之前，先聽到說話聲。
「希望能早日找到小黑。」
「咦……？」
我瞬間環視周遭，但身邊當然只有常葉，而我聽到的是小女孩的聲音。不過，聲音並不是從下方傳來，而是像在耳邊低語一樣，在我腦中迴響。
「剛才那是什麼？我聽到小女孩的聲音。不、不是鬼吧？」
「不是鬼，我讓千世也能聽見那個孩子許願的聲音。」
「許願的聲音？」
鳥居下站著一個看起來應該是小女孩母親的人物。走出屋簷的小女孩，沿原路跑回參道，牽著媽媽的手走下石梯。

「原來如此，看樣子那孩子是在找貓。」

「貓？」

「嗯，這種貓。」

常葉伸出食指，輕輕按住我的額頭。結果我腦海裡浮現影像——是一隻身體漆黑，但額頭上有白色圓點的貓。

「這什麼方便的特異功能……剛才看到的是那孩子要找的貓？」

「對。記住了嗎？」

「嗯，畢竟是很有特色的貓。」

「很好。」

常葉笑了。我突然有不好的預感，想要現在立刻從這裡跳下去。

「明天是週六，學校放假對吧。」

「不，學生的本分就是讀書，學習是沒有假日的。」

「利用明天的假日去找貓，千世要負責實現那個孩子的願望。」

「你別鬧了！不認識的貓要怎麼找啊？」

「放心吧，那隻貓現在還在這個鎮上。」

「我不是在擔心這個！」

「真可靠耶，表示妳一點都不擔心找不到囉。」

「我根本在雞同鴨講！」

日暮西沉，光亮的天際消失在低矮房舍的另一頭。常葉無視我徒勞無功的叫喊，就在我垂下頭的時候又被扛起來。

明天要設幾點的鬧鐘呢？

我想著這個問題，無計可施地任由常葉扛起自己，在暮色中又再度丟臉地飛了起來。

第三章・尋找小黑

為什麼我非得做這種事啊？

一想到這個問題，我就覺得自己好像會發瘋，所以決定乾脆什麼都不想了。

週六。明明不用上學，但我一早就被手機的鬧鐘叫醒，從早上就開始找一隻貓。那是我完全不認識的人養的陌生貓咪。那隻貓會出現在哪裡，我完全沒有任何頭緒，所以只能漫無目的地徘徊在鎮上。

「喂——小黑。你在哪裡？不要害怕，快出來吧。」

我揮著生長在公園的狗尾草，窺探道路兩旁的水溝，走遍日照充足的空地。因為那隻貓的外觀很特別，所以我也會詢問路人有沒有看到過，還用零食吸引小學生一起幫忙找。為了找貓我鑽入無數個灌木叢，在河堤上的高大草叢中到處爬，看到停在路邊的車就趴在地上確認底盤下方。

但還是找不到。野貓和狂野的家貓倒是偶爾會出現。我覺得這個城鎮算是貓很多的地方。然而，目標小黑一直沒有現身。

我已經束手無策了。應該是說，在毫無頭緒的情況下找一隻貓本來就是不可能的任務。我不是偵探、雜工，也不是神明，所以怎麼可能輕鬆找到貓啊！

「我不幹了！」

放棄也是剛好而已。從早上找到現在已經過了幾個小時了。看手錶已經到了吃點心的時間，剛好下午三點。

我在沒有人的小公園裡，自己邋鞦韆。明明是週六，卻莫名寂靜。真的，一個人也沒有。只有邋鞦韆發出的「嘎……嘎……」聲和空腹的「咕嚕……」聲，淒涼又鬱悶地迴盪在公園裡。

「天空好藍啊……」

精神和體力都已經到達極限。衣服上沾滿泥土，腳又痛，肚子也叫個不停。我已經一步都不想動了。體力方面當然很疲憊，而且我的玻璃心也無法再支撐下去了。毫無頭緒只能瞎找，又一直找不到。白白浪費了時間，還毫無利益。

「天空，好藍啊……」

眼前有一隻不是小黑的黑貓走過。牠瞬間看了我一眼，但可能覺得我是人畜無害的廢渣，所以一臉沒興趣的樣子消失在翹翹板深處的灌木叢裡。

「……」

哎，我到底在幹什麼啊？我可是如花似玉的女高中生耶。今天又是週六。現在正是最愛玩的時候啊！大家都在做一些很青春的事耶。為什麼我要拚命找一隻陌生的貓，最後淪落到一個人在這種地方邋鞦韆啊？怎麼可能找得到嘛。這種事不是一開始就知道結果了嗎？而且那個小女孩是來求神，完全沒有要拜託我這種毫無可取之處的傢伙啊！

實現別人的願望之類的。一開始就注定不可能的事，為什麼要我來做啊！

「妳要放棄工作嗎？這個懶惰鬼！」

我差點以為自己沒心跳了。

常葉不知道什麼時候出現在旁邊的鞦韆。

外表美麗的神，任由風吹動和服，幼稚但精神奕奕地盪著鞦韆。

「要是偷懶的話，會被懶惰蟲咬屁股喔。」

「你什麼時候出現的？」

「剛才啊。有嚇一跳嗎？」

「當然啊！不要這樣默默靠近啦！」

「哈哈。千世嚇到的表情很好笑，好有趣喔。」

常葉一邊笑一邊用力幫鞦韆加速。我在心裡詛咒他最好就這樣飛出去。和幼稚的可疑神明不同，我只敢小幅度盪著鞦韆。

「還有，我並沒有偷懶。別看我這樣，我可是一早就開始找到現在。」

「我知道。」

「知道就別說我偷懶。你應該要溫柔地說：辛苦妳了，已經夠了，接下來就交給我吧！哈哈哈哈哈！」

「才不要，啊哈哈哈哈。」

「這個傢伙……話說回來，就算你說不要，我也真的沒辦法再繼續找了啊。」

能做的事情本來就有限，而且我已經盡力而為了。光是做到這個程度，我覺得就很值得被稱讚了。

「不行，這個願望必須由千世完成。」

「什麼？我不是說不可能了嗎？你還真是頑固。」

「頑固的人是妳。絕對不是不可能，沒問題，這件事千世一定能完成，只是妳一直擅自認定不可能而已。」

盪到最高的地方時，常葉從鞦韆上飛了出去。我在心裡詛咒他最好跌個四腳朝天，但事與願違，常葉輕飄飄地浮在空中，雙腿輕巧而緩慢地落地。

「我在神社等妳，希望會有好結果。」

「等等，等一下啦！」

「所以我就說會在神社等妳了啊！」

「我說等一下不是那個意思！我是說不知道要怎麼找啦！」

慌慌張張地喊出聲之後，常葉對著我輕輕地嘆了口氣。

「真拿妳沒辦法。溫柔的我，只好賜給沒毅力的妳七大神器之一。」

他從袖子裡拿出一樣東西丟給我。我迅速接住一個小小的透明袋子，裡面有許多小魚乾。

「喂——別鬧了！這不就是小魚乾嘛！什麼七大神器啊！」

「真是失禮。這裡面有我施的咒語，有神明保佑喔！」

「什麼？保佑什麼？」

「那我就回神社了，妳好好努力吧！」

「等……！等一下啦！」

伸手去抓已經太遲了。美麗的神笑著揮手，咻地就消失了。我單手抓著小魚乾，只能空虛地瞪著他消失的地方。

「……」

公園又只剩下我一個人了，好想放聲大叫。雖然真的很想哭，但現在可不是哭的時候。畢竟哭也無濟於事。沒有人會來幫我，只好自己想辦法了。

「我絕對不會再買甜饅頭給那個傢伙了。」

我下定決心之後，先試著打開小魚乾的袋子。內容物怎麼看都是普通的小魚乾，散發出好吃的香味，讓人好想來碗白飯。

「應該就是叫我拿這個當誘餌，把貓抓回來的意思吧。」

小魚乾感覺的確是貓的零食。不過，光靠小魚乾怎麼可能吸引貓過來。這應該是找到之後才使用的道具，也就是說，要先找到小黑，否則就沒意義了。

「唉……神明的七大神器一點用也沒有嘛！」

就在我邊嘆氣邊自言自語的時候。傳來「喵——」的聲音，我一回頭，灌木叢的另一頭奇蹟似地鑽出一隻貓。不過，很遺憾，那是一隻明顯和小黑不一樣，混合咖啡色和白色的三毛貓。

「哎呀，不好意思讓你白跑一趟，我要找的不是你耶。」

不過，人家特地在我覺得孤獨不安的時候過來，我還是覺得很開心，所以撒了三隻小魚乾在地上當回禮。結果，三毛貓氣勢洶洶地跳過來，瞬間就把小魚乾吃光了。

「好、好猛。貓有這麼喜歡吃小魚乾嗎？還是牠很餓啊？」

盯著三毛貓啃小魚乾時，又傳來其他貓咪喵喵叫的聲音。凝神一看，發現從三毛貓過來的方向，又出現幾隻不同的貓。牠們發出低沉的喵嗚聲，不但對我毫無戒心，眼神看起來像是沒把我放在眼裡似地，大大方方朝這裡走來。

「呃，等等，你們也是來吃小魚乾的嗎？」

我退後二、三步，一邊撒小魚乾，貓咪們瘋狂地大吃了起來。說起牠們的吃相，還真的有點恐怖。不對，說實話，不是「有點」而已。瘋狂的吃法以及被野貓包圍的現況，其實非常恐怖。

「如果是被短腿的曼赤肯貓包圍，我還可以應付……」

這是怎麼回事呢？現在貓界流行小魚乾嗎？

嗯，大概是這樣吧。

因為現在不知道為什麼，又有更多貓聚集過來，令人不禁懷疑自己的眼睛啊！

「……不是吧。」

十隻？不對，比這個數字更多。公園直到剛才都很寂靜，那些貓咪不知道躲藏在哪裡，紛紛出現在我眼前。牠們的眼神就像捕獵中的肉食性動物，就像百獸之王一樣。當然，獵物就是我。怎麼會這樣？

「呀、呀啊啊啊！」

這是怎麼回事，發生什麼事了？

為什麼貓咪要襲擊我？

「喵嗚嗚嗚嗚！」

一隻體型特大的貓發出不像貓的叫聲，我馬上丟下小魚乾的袋子，爬上公園裡的攀登架。

「……」

我眼下是一個貓咪集團。數十隻貓咪專心吃著從剛才丟出去的袋子掉出來的小魚乾。現在，聚集了非比尋常的大量貓咪。這個恐怖的光景，令人聯想到世界末日。幸好大快朵頤的貓咪們完全沒有把我放在眼裡。

「那個小魚乾是怎麼回事……該不會是添加了木天蓼精華吧？」

雖然不太清楚是怎麼回事，不過這一定不是普通的小魚乾。雖然有點在意其中的機關，但這件事可以之後再追究。冒著留下恐怖回憶的風險撒出小魚乾果然是對的。既然聚集這麼多貓，那小黑就有可能在這裡面。

不，小黑一定就在這群貓咪之中。

「……神明的七大神器，真的一點用也沒有。」

群貓之中沒有小黑。這裡聚集了這麼多貓，卻沒有我要找的小黑。

我不行了，真的不行了。連神明的七大爛神器都用上了還是找不到，我已經無計可施了。好想回家，應該是說，我一點也不想動。就住在這裡好了，就這麼辦，成為攀登架的妖精，永遠守護這些貓咪。

就在我要下定決心的時候，突然發現有幾隻恢復神智的貓咪緩緩地走向某處。那裡是三毛貓出現的地方，也是之前那隻黑貓消失的方向。翹翹板深處的灌木叢裡。

難道……難道灌木叢後面有貓咪聚集的地方？這些數量龐大的貓咪，該不會都是從那裡……

「只能趁現在了。」

大部分的貓咪都聚集在小魚乾旁，沒有發現我從攀登架爬下來。

跟在踏上歸途的貓咪身後穿過灌木叢，包圍公園的柵欄有部分損壞，穿過破洞的位置，就會抵達一旁老舊空屋的用地。那是一棟看樣子已經很久沒有人住，年久失修的破舊房屋。

有好幾隻貓咪在庭院和緣廊上發懶。雖然充滿隨時都可能出現某些東西的恐怖氛圍，但是對貓咪來說，這裡可是私房秘密基地。

「小黑……在這裡嗎？」

我戰戰兢兢地試著踏入庭院。這裡有伸展身體的貓、縮成一圈的貓、瞪著我覺得我很吵的貓。我一隻一隻確認樣貌。

不過，還是沒有發現小黑的蹤影。

「果然還是不行啊。」

看樣子事情沒那麼簡單。雖然我早就知道會這樣，但說實話還是覺得很失落。

我嘆了一口氣，心想還是回家吧，便回到剛才進來入口處，在金屬絲網的破洞前蹲下。

然而，這個時候我好像聞到某種味道。真的沒多想什麼，就維持低著頭的角度轉身看過去。

「啊！」

◇◆◇

現在已經是黃昏了。建築物、樹木、行人、道路都染上橘紅色。

我在某戶人家前停下腳步，從門外窺探，發現有個小女孩坐在玄關前。小女孩看著放有飼料的碟子，表情有點悲傷。

「小結，妳要在那裡待到什麼時候？」

像是媽媽的人從屋裡走出來。小女孩聽到聲音抬起頭的同時，她的媽媽發現我並向我搭話。

「哎呀。您有什麼事嗎？」

「那、那個，是這樣的……」

我呆呆站在原地，小女孩的媽媽一臉疑惑地歪著頭，小女孩也看著我。我尷尬地笑著繼續說：

「我聽說這戶人家在找小黑。」

「妳幫我找到小黑了嗎？」

小女孩站起來，用力抓住門。

「小黑在哪裡？」

「那個……小黑不在這裡。雖然已經找到她，但我沒辦法帶她過來。只知道位置而已。」

我一邊遮著被抓傷的手背一邊說，小女孩馬上說「媽媽，我們走！」然後打開門。

「請帶我去！我要去接小黑！」

「嗯，好。我也是這麼想，所以才來這裡的。」

我瞄了小女孩的媽媽一眼。媽媽有點為難的樣子看著小結，然後才回答「那就拜託您了」。

我們三個人一起前往空屋。途中，小女孩的媽媽告訴我，小黑其實不是寵物貓。

「小黑本來是野貓。雖然是野貓，但非常優雅，是個非常漂亮的孩子。」

不過，小黑幾乎每天都來玩，和小結感情很好。家裡正在商量，既然如此不如收養小黑，結果小黑就突然不見了。

「說不定小黑覺得這樣很麻煩。因為牠是野貓，比起被人類豢養，應該更想自由自在地生活。」

小結也知道，所以才把這次當成最後機會。再見小黑一面，如果小黑還是離開，那就好好道別。

「這樣有點寂寞呢。」

「但是這是小黑的決定。」

媽媽脫口說出這句話的時候，傳來小結催促的聲音。小結在遠處揮著手。我和她的媽媽慌慌張張地以小跑步追上瘦小的背影。

氣氛令人毛骨悚然的空屋裡，還有幾隻貓咪。

不過，比起白天聚集的數量還少很多，大家可能都是在接近夜晚時才出門吧。貓咪們覺得突然出現的我們很可疑，於是遠遠地觀察我們。不過，鎮上已經習慣人類的野貓們，只要不主動捉弄（而且手上沒有神明加持的小魚乾），牠們就不會攻擊人。

進入庭院，確認白天侵入時壞掉的柵欄。小結想找的小黑，應該還在眼前這個場所的屋簷下。

「小結。」

我向她招手，小結便戰戰兢兢地來到我身邊，然後蹲下窺探我手指的屋簷下。

小結大喊一聲，我噓了一聲，把食指放在嘴唇上。小結也慌忙地用雙手遮住嘴巴，就這樣再次窺探屋簷下。

「……哇啊啊！」

「怎麼了？小黑在嗎？」

媽媽彎腰詢問，小結無聲地指向視線前方。疑惑的媽媽順著方向看過去，高興地驚嘆了一聲。

「小黑已經是媽媽了呢。」

小黑和我找到的時候一樣，待在屋簷下。身邊有三隻和小黑很像的黑色小貓，正發出微弱的叫聲。小貓們像會蠕動的毛球一樣，以像是走路、又像是跌倒的謎樣動作在小黑身邊玩耍。

「小黑大概是為了照顧小貓，所以才不願意離開這裡。」

白天我在這裡窺探的時候，小黑豎起毛警告我，最後還出拳攻擊。正在帶孩子的貓媽媽，面對陌生的人類當然會有這樣的反應，不過如果她對小結也這麼警戒該怎麼辦？有點令人擔心。

但是，小黑用非常安穩的表情看著小結，和面對我的時候完全不同。

「小黑。」

小結一喊，小黑輕輕叫了一聲，慢慢從屋簷下走出來。小黑在明亮的地方抬頭仰望小結，小結對她伸出手。結果，小黑像是對她的小手撒嬌似地，將漆黑的身體靠過去。明明已經成為母親卻還像小嬰兒一樣，我和小結的媽媽相視而笑。

「小黑身體健康真是太好了。」

看著小結緊緊抱著小黑的樣子，比起高興或是其他情緒，我第一個反應是放下心中的大石。卸下肩上的重擔，體內的空氣咻地一聲往外洩。

雖然不甘心，不過常葉說得對。儘管途中經歷挫敗，我也真的不覺得自己能找到，但不管怎麼說還是辦到了。我現在只覺得「太好了」。

「大姊姊。」

小結出聲叫我，我回過頭看到她臉上露出不可思議的表情，用試探的口吻問我：

「大姊姊該不會是神吧？」

「呃……」我一時語塞，小結難為情又含糊地接著說：

「小結去向神許願了。因為完全找不到小黑，所以覺得只能去拜託神，希望這樣能找到小黑。結果大姊姊就幫我找到了。大姊姊，妳是神對吧？」

不知道是不是越講越確定，小結用閃亮亮的眼神抬頭看著我，令人不禁想移開視線。啊，這就是我不知不覺間失去的純粹而美麗的眼神啊……

「不、不是，我真的不是神。」

「不是嗎？」

「也不完全不是。該怎麼說呢？應該是說，我有在那個神社幫忙做一點事情。」

「妳看，果然就是這樣！大姊姊是神的助手對吧！」

「好厲害！」小結完全不聽我後面說的話，整個人很興奮。真是的，這下頭痛了。不過，我也沒說謊，所以就乾脆順著她的話好了。如果是大人就另當別論，但對象是小孩的話，應該不需要刻意訂正吧。如果因為這樣有人來神社參拜，常葉也會高興，信神絕對不是壞事。（而且這樣絕對不會被詛咒。）

此時傳來「喵嗚——」的可愛叫聲。小黑的孩子們從屋簷下慢慢走出來追上小黑。小黑從小結的臂彎裡跳出來，舔了舔腳邊的小貓們。小結一直看著這一幕。媽媽什麼都沒說，靜靜地看著小結。

和小黑重逢之後該怎麼做？做決定這件事無法拜託其他人——就連神也不行。接下來的事情是小結她們要思考的，我的工作就到這裡結束了。我肚子餓到快要昏倒，還是趕快回神社吧。

看著漸漸西沉的橘紅色夕陽，我小心翼翼地離開，免得踩到正在睡覺的貓咪們。

「謝謝妳。」

我因為小結的聲音而回過頭。還在發愣時，就看到小結滿臉笑容。

「大姊姊，謝謝妳幫我找到小黑。……不對，是神？妳剛才說不是，那個……」

「妳可以叫我千世。」

「千世姊姊！」

她開心地叫我的名字，然後又低頭向我道謝。

其實，我有點疑惑。那是非常純粹而簡單的一句話，但我做了什麼？值得她這麼說、值得她堆滿笑臉，值得她用這樣的表情向我道謝嗎？我到底做了什麼呢？我一方面覺得疑惑又覺得困擾，但是不知道為什麼臉頰附近變得好癢。

「嗯，不客氣。」

我笨拙地露出笑容。

「好累！肚子好餓！」

天色已經完全暗了。抵達常葉神社的時候，我的體力已經到達極限，整個人癱倒在神社。雖然已經很晚了，但朦朧的燈火下，常葉正在等著我。

「辛苦了，千世。」

「不是辛苦而已。是累死我了！」

坐在身邊的常葉，輕輕撥開我的劉海。指尖冰涼涼的很舒服。

「有獎賞要給辛苦的千世喔，妳應該要開心才對。」

「開心？反正應該又是不怎麼樣的東西吧。」

「是三波屋的甜饅頭。」

「真的假的！」

我頓時彈起身子。常葉手上的確有兩個三波屋的甜饅頭。

「怎麼會有？」

「這是安乃拿來的供品。一個是我的，另外一個就給妳吧！」

「太好了！」

「恢復體力了嗎？」

「恢復了！」

我接過甜饅頭，兩個人一起大口大口地吃了起來。應該是因為非常餓，所以才會覺得比平常還要好吃吧！

吃完之後，我告訴常葉今天發生的事。常葉好像已經都知道的樣子，但還是靜靜聽我說完。

「結果小結她們決定要養小黑。話雖如此，也就是讓小黑戴著項圈，免得有什麼意外，和以前沒有什麼不同。當然小貓也一起，她說會負責任把牠們養大。」

「這樣啊。」

「雖然很辛苦，但能實現她的願望真是太好了。」

「嗯，千世做得很好。」

常葉伸手摸了摸我的頭。我覺得有點難為情，所以稍微低下頭。

天色全暗之後，遠處的城鎮浮現各種光影。

「千世，找到什麼了嗎？」

常葉喃喃地說。一瞬間我還不知道他在說什麼，但馬上就苦笑著回答「沒有啊」。

「怎麼可能找到啊！做這種事怎麼可能找到夢想。感覺這個與其說是神明的工作，不如說是打雜的。」

「是嗎？」

「是啊！就跟你說不可能找到夢想了。」

我這樣一說，常葉不知道為什麼愉快地瞇起眼睛。

「每一件事都是寶貴的經驗。就算現在的妳沒有得到任何回報，以後也會在某個地方產生影響。」

「是這樣嗎？」

「是啊！」

我嘆了一口氣，晃著腿回想今天的事情。真是麻煩的一天啊。拚命做一件摸不著頭腦的事，弄得我精疲力竭。

不過，如果要說因為今天的事情發現了什麼……

——謝謝妳。

小結向我道謝，還有她的笑臉。

比起開心，我先感到驚訝。我發現平常沒有人由衷對我說過這句話。因為當時太吃驚，光是擠出笑容就用盡全力，現在回想起來，那句話強大到甚至讓我覺得這一整天的辛苦都無所謂了。

真的只是一件小事，但我當下一定非常開心。

「……雖然這一整天對我來說一點好處也沒有，但是我應該永遠都不會忘記，今天的事將變成我無聊的回憶之一。」

「是嗎？這是好事呢。」

「嗯。還有，我被當成神了。」

「妳說什麼？把千世這種人當成神？怎麼可能。」

「什麼叫做這種人！不過，感覺還不賴。」

雖然很氣常葉，但想起剛才的事，我就噗哧地笑出來。雖然我真的不想再做這種事，但這一天的確不壞。過了幾年之後，這件事一定會變成很好笑的回憶。譬如說，某天經過這座神社的時候，就會想起這個瑣碎又無聊但是很重要的回憶。

「不過，千世，妳不能太鬆懈了。」

「嗯？什麼鬆懈？」

「我給妳的時間，並不是無限的喔。」

我歪著頭。不懂他在說什麼。不過，看著他一直盯著某處看的側臉，我突然懂了。

「這個詛咒，該不會有時間限制吧？」

話說回來，現在還沒感受到有發動什麼的氣息。他該不會……為了督促我而加了什麼多餘的功能吧！

「很難說喔。」

面對我的常葉，漂亮的臉蛋露出意味深長的微笑。我理所當然地抱著頭，思考詛咒眼前這尊神的方法。但是我不可能詛咒神，而且我本性善良，根本沒辦法認真詛咒別人。

「所以我不是說過了嗎？千世只要察覺什麼是夢想就好了。」

「這我知道啊！」

但這件事並不是嘴上說說那樣簡單。即便別人能輕鬆做到，但對我來說就是比詛咒神明還難啊！

「不過呢，妳今天算是表現得很好。」

常葉笑了起來。接著，他的視線從我身上移開轉向前方，右手放在自己的胸口。常葉向上翻的手掌，透出朦朧的淺淺亮光。

「那是什麼？鬼怪嗎？」

「說什麼蠢話！之前實現妳的願望時，不是也有看到，妳忘了嗎？這是妳今天實現的小女孩的夢想。」

「小結的願望？想找到小黑嗎？」

「不是。那孩子除了這個之外，還許了另一個願。那個願望是因為千世實現了

『找到小黑』才能實現的。」

常葉站起來，左手也一起捧著淡淡的光球。

「小結，妳的願望，我聽到了。」

然後非常寶貝似地把光球對著天空。

「『和小黑永遠在一起』。」

一瞬間，景色耀眼地亮了起來。當我再度張開眼睛時，淡淡的光芒畫出一條線，咻地飛向天空。宛如流星般的光芒，之後融入夜空中消失不見。

「小結的願望消失了。」

「沒有消失。我確實聽到那個願望了。願望會升到天上，永遠在小結身邊守護她。」

我也試著抬頭望向常葉凝望的天空。夜空中已經出現星星，和小結的願望一樣，發出柔和的閃閃亮光。

「永遠。」

「對，永遠。」

「可是，雖然說要和小黑永遠在一起，但總有一天要分離吧？這樣的話，小結的願望就沒有永遠實現了啊！」

「是啊，只要是有生命的生物，總有一天要分離。」

「如此一來，那些願望還是會消失吧？因為許下的願已經結束了。」

「不會消失。我不是說了嗎？願望會永遠在身邊守護許願者。」
「就算願望結束也一樣嗎？」
「因為曾經許過的願不會消失啊！」
「嗯……我還是搞不懂。」
雖然我不能理解，仍然歪著頭，但已經不再反問，只是看著夜空裡的光點。凝望一閃一閃的星星，我冒出「那些星星該不會是大家的夢想吧」之類不符身分的浪漫想法。

◇◆◇

幾天後，下一個工作才上門。
如我所料，這個閒散的神社真的很少人來參拜，我雖然按照惡劣神明的命令每天都來，但是比起當神的助手，打掃才是我每天的主要工作。
而且那天我也像平常一樣，一個人拿著掃把打掃落葉。常葉從剛才就不知道跑去哪裡。雖然不知道他在哪裡，但是他有時候會突然消失。
前幾天下雨所以掉了很多樹葉，正當我在掃這些落葉的時候，發現有人穿過鳥居。未曾謀面的中年大叔，一副沒看到我的樣子，直接走到神社前。

啊，有人來了！真的只有高興那一瞬間。看著大叔的我，表情越來越僵硬，因為大叔看起來拚命在許願。

大叔過度強勁的拍手聲，鮮明地傳到握著掃把站在原地的我耳裡。他這麼認真，到底許了什麼願呢……

「喔，這不是久違的參拜者嗎？」

聽到聲音回過頭，常葉就站在我身邊。常葉嘟囔著「那個男人許了什麼願呢」，然後像小結許願時一樣，握緊我的手。

「希望我的店能夠生意興隆。神哪，拜託、拜託了。」

大叔合掌說了好多次迫切到連苦笑都笑不出來的願望。結果他完全沒發現我的存在，拖著比來時更沉重的腳步穿過鳥居回家了。

常葉鬆開握著的手時，我抬頭看他。

「常葉，你什麼時候回來的？」

「我一直都在啊，我在屋頂上睡午覺。」

「是喔，挑我努力打掃的時候睡啊！」

「比起這個，千世，妳應該要開心才對。有新工作了！」

常葉搶走我的掃把，把手搭在我肩上。

「打掃就交給我吧。」

「不不不，怎麼能讓神打掃。」

「不必在意，千世就努力做好自己的工作吧！」
「打掃是我的工作，常葉才要做好自己的工作！」
「千世要負責實現剛才的願望喔！」
「負擔太沉重了啦！」
這尊神到底在說什麼啊！剛才的願望怎麼想都是神明要動用神力去做的工作吧？看大叔的樣子很明顯就是走投無路，想要重整一間店，這種事我怎麼可能做得來啊！
「沒問題。如果是妳的話就辦得到，我相信妳。」
「你也太相信我的能力了吧！」
「好了，不要在那裡推託，快點去吧！地點在這裡，知道了吧？」
他完全不聽我說話，動用之前那個方便的超能力把資訊傳給我之後，就搶走掃把消失了。被留在原地的我，獨自按著發疼的太陽穴邁開腳步。不管怎麼說我還是開始行動了，真是厲害啊！沒人誇我，我只好先自己自誇。
大叔家的店開在商店街一隅，是個章魚燒店。其實，我經常路過這裡，但是今天才知道這裡有一間章魚燒店。
店面是常見的配置，正面有狹長的櫃檯，似乎沒有額外的用餐空間。不知道是不是剛開業沒多久，建築物本身非常漂亮。如果是這種氣氛的話，我覺得印象還不錯，但是不知道為什麼感覺難以靠近。

問了附近的人，得知那是一間夫妻共同經營的店。不過，主要大多是丈夫打理店面（丈夫應該就是來神社的大叔），妻子負責採買或打掃店面周邊等內部的工作。順帶一提，妻子好像是前商店會長的女兒，和這裡的居民大多熟識，感情也很好。

我在遠處偷偷觀察。狹長櫃檯後站著的人的確是剛才的大叔。他愣愣地看著某處，偶爾手邊也會動一動……不過，在我觀察的這段時間，一個客人也沒有。

「……」

再這樣觀察下去，大概也不會有什麼收穫。我強忍著想回家的心情，下定決心走向章魚燒店。

「……不好意思。」

我一出聲，大叔瞬間凍結了一下，才尖聲回答「歡、歡迎光臨」。原來如此，看樣子真的很少有客人上門啊。很難靠近這間店，應該就是因為大叔身上的負面氣場。

「那個，我想要章魚燒。」

櫃檯上放著菜單，但沒寫什麼。只有寫一盒幾個、多少錢，加五十元可以加料之類的。總之，這間店只有賣一種章魚燒。價格無可挑剔，算是親民佛心價。設定在學生也能輕鬆買的範圍。

總之我先點了六顆裝的分量。章魚燒是現點現做。雖然覺得等到做好很花時間，但我當然默默等著（盡量不去看櫃檯後面）。

等超過五分鐘後，終於拿到裝著章魚燒的盒子，我走到商店街旁的公園，坐在長椅上立刻試吃。打開盒蓋後，熱氣瞬間往上衝，跳著舞的柴魚片增添了剛出爐的感覺。雖然覺得柴魚片的量太多，不過外觀還可以……不對，好像有點烤焦……嗯，還算在容許範圍內吧。香氣十足，有引起食慾的感覺。

「什麼啊，意外地感覺滿美味的啊！」

原本已經做好不知道自己要面對什麼的心理準備，這時候倒是有點放鬆了。如果是非常糟糕的東西也就罷了，這樣的商品感覺只要處理一下大叔的負面氣場就能大賣了。

我插入牙籤，吹了吹很燙的章魚燒，等降到適當的溫度再一口放進嘴裡。

原來如此，太難吃了。

這是材料的問題？還是火候的問題？抑或兩者都有問題？

難吃到令人無法理解章魚燒為什麼能做到這個程度。因為煎過頭，所以有些地方脆，但又有些地方麵糊還很濕。裡面的章魚大小不均，仔細一看，章魚燒本身也像外行人做的一樣，形狀歪七扭八。大概是為了掩飾這一點，所以才撒上大量的柴魚片吧。也就是說，那間店之所以沒有客人，不只是因為大叔的負面氣場，還有更單純清楚的理由。

商品本身不好吃。
「這還真慘。」
我抱著不能浪費的精神，硬著頭皮全部吃完，真希望有人能稱讚我一下。雖然味道慘烈，但不能浪費食物。食物沒有錯，錯的是大叔。儘管對大叔過意不去，但看樣子我也幫不上忙，還是盡早放棄好了。就這麼辦。
「千世。」
「哇喔喔喔！」
我還以為心臟要跳出去了！
「什、什麼！你什麼時候出現的？」
「現在，嚇了一跳嗎？」
「當然啊！我不是叫你不要這樣嗎？」
常葉不知道什麼時候已經坐在旁邊，咧嘴笑著看我。這場景好像有點似曾相識。
「情況怎麼樣？能順利解決嗎？」
我用手按住海浪般洶湧跳動的心臟，而常葉以完全相反的平穩聲音這樣問。
「完全不可能，他們家的商品太難吃了。」
「那只要改善這一點就好了啊！」
「別說得那麼簡單。如果能改善的話，大叔也不會特地跑去求神了啊！常葉，

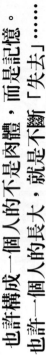

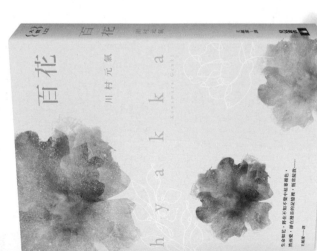

這件事對我來說真的負擔太重了，這我真的沒辦法啦！」

然而，常葉伸出雙手在耳邊搧了搧，像小孩一樣喊著：啊啊啊啊我聽不見啊。這個傢伙！

「可惡，如果剛才沒吃完的話，就可以塞給常葉了。」

「哈哈哈，那就等下次有機會再說吧！」

「欸，常葉，這次沒有什麼七大神器嗎？譬如說只要撒上去就什麼東西都會變好吃的柴魚片之類的。」

「怎麼可能會有這種東西。妳該不會以為我是從未來跑到這裡的機器人吧？我只是個單純的美型神喔！」

「因為你是神所以我才問的啊……好啦，到底有沒有？」

「沒有的東西就是沒有。那妳就加油吧！我只聽好消息喔！」

「啊、喂，等等！」

我再怎麼喊，任性的神也不會聽，常葉和他出現的時候一樣，突然一下子就消失了。我嘆了一口氣。感覺一個不小心，連眼淚都會飆出來。不過，這時候哭的話只會更空虛，所以絕對不能哭。

「唉，這該怎麼辦才好？」

常葉要我加油，但我完全不知道該怎麼做啊！而且這件事根本就沒有我能幫忙的地方。總之，今天先忘記一切回家吧！就這麼辦。

我茫然地走在回家的路上，聽到一聲「哎呀」才回過頭。

「妳好。」

「啊……妳好。」

我低頭致意的對象，就是之前在神社和常葉有說有笑的老婆婆。我記得，她叫做安乃。

安乃婆婆身邊有一個氣質同樣沉穩的美麗貴婦。仔細一看，長得和安乃婆婆很像。

「哎呀，真是可愛的女孩。媽，這是妳認識的人？」

「是啊，之前在常葉神社見過。這位是……」

「啊，我是七槻千世。」

我再度深深一鞠躬，安乃婆婆和貴婦（應該是安乃婆婆的女兒）一起說了句「千世小姐，真是個好名字」。我覺得有點害羞，不過話說回來，常葉好像也說過一樣的話。

「千世小姐是高中生嗎？這麼年輕，還知道要去常葉神社參拜，真乖。我以為只有家母會去那裡呢。」

「哎呀，偶爾還是會有其他人來喔！」

「是、是啊，偶爾會有人來。不過，我不是去參拜，而是在那裡幫忙做點事……」

我這樣一說，兩位又異口同聲地稱讚「好乖喔」。她們雖然問我「是鎮民會的工作嗎？」、「還是學校的志工活動？」但我沒辦法說出實情是「不，我一點也不乖。因為被神詛咒，所以在神的威脅下不得不去神社幫忙」，只能呵呵笑著帶過。

「好了，媽，那我先回去了。」

貴婦穿過旁邊的門。我目送她進入豪華的門庭，大門後有一棟沉穩氣派的木造房屋。

「……真是氣派的房子啊。」

「只是棟老房子。土地是從以前就有，所以寬敞到顯得空曠。」

安乃婆婆溫和地回答後，還對我說：「方便的話，要不要進來喝杯茶？」不過，拜訪這種高級宅邸總覺得有所顧慮。

「不、不用費心了！」

我擺擺手這樣回答。

「媽媽還等我回去吃晚飯。」

「哎呀，那得趕快回家了呢。那下次有機會再來吧！」

「啊，好。我一定來。」

我隨興地笑了笑，安乃婆婆瞇起漂亮的眼睛。她溫柔的笑容，讓我稍微看得恍了神。之前見到的時候就覺得，她是一個很優雅的人。和我們家的奶奶完全不同。

如果有天我老了，能不能成為這樣的老婆婆呢？

……不、不行，我完全無法想像那樣的未來。

「千世小姐。」

安乃婆婆出聲叫我，我慌慌張張地答覆後，她不知道為什麼靜靜地看著我好一會兒。她看著我的眼神，感覺直通心靈深處的某個地方，但不令人討厭，反而覺得非常溫柔。

「那個……」

我戰戰兢兢地開口，安乃婆婆稍微加深了笑容。

「有千世小姐在，變得熱鬧了，真好。」

「咦？」

我不知道她在說什麼，所以突然大叫一聲。

安乃婆婆從包包裡拿出甜饅頭塞到我手上。這是常葉也喜歡的三波屋的甜饅頭。

「因為上了年紀，身體漸漸不聽話了。最近越來越難去神社。」

「啊……」

是在說常葉的神社啊！常葉說過，安乃婆婆從小就會去神社參拜。

「助手的工作要加油喔！妳不嫌棄的話，請享用這個甜饅頭。」

「啊，好。謝謝妳。」

「抱歉，突然叫住妳。回家的時候路上小心喔！」

「好。」

我低頭致意，安乃婆婆對我揮了揮手。我也對她揮揮手，踏上歸途。在回家的路上吃掉甜饅頭，味道和平常一樣好吃。

第四章・夢想的源頭

我想不到任何解決的方法。不過，我想到一個道理。以眼還眼，以牙還牙，食物的問題就要找料理社。因此，我看準料理社沒有社團活動那天，帶紗彌到那間店。

「我說啊……」

放學後，我一邊穿越商店街一邊說明事情的經緯，紗彌拉長聲音說：

「如果有能幫忙的事情我可以幫，不過那間店是怎麼回事？千世的親戚開的店嗎？」

「不是，我完全不認識。」

「搞什麼啊！那為什麼千世要這麼努力啊？」

「那個啊。」

看我支支吾吾，紗彌無法理解地皺起眉頭。我懂我懂。我最了解現在這個情況有多詭異、多奇怪。絕對是腦筋有問題，才會想幫毫無關係的陌生大叔重整店裡的生意。一定是瘋了。我也不知道自己到底在幹什麼。而且，做這件事還是出於一個只會被別人當成笑話的理由。不對，紗彌已經盡全力笑過我一次了。

「就是……幫忙神明的工作……」

這種時候應該要老實說，但我說了實話後，紗彌果然一臉目瞪口呆的樣子。

「神明的工作？就是妳之前說被詛咒的那件事？」

「嗯，對啊，就是這樣。」

「呃，千世，妳真的在做啊？真的在當神的助手喔？」

然後，一如預料，紗彌再度不顧眾人目光大爆笑。我突然好想哭，但這時候只能忍耐。不對，應該是保持冷靜。

「是說，這樣妳就是在神明那裡打工囉？啊哈，什麼啦！」

「不是打工啦，又沒有賺錢。所以算是義工。」

「是義工又是神的助手……千世太棒了！」

「對我來說是太慘。」

「好啦好啦，嗯，總之不管原因是什麼，千世有難我當然要幫忙。哎呀，實在太有趣了。」

「紗彌，謝謝妳。雖然我心裡千頭萬緒，不過還是謝謝妳願意幫忙。」

嗯。雖然被嘲笑，但她願意幫我就好了。我告訴自己，沒關係。

「啊，對了對了。因為千世之前提到常葉神社的事，所以我也有點在意。」

紗彌擦著笑到流出來的眼淚這麼說。

「妳明明就不相信……當時還笑得那麼大聲。」

「一定要笑的啊。然後，我問了一下奶奶常葉神社的事。」

「紗彌的奶奶嗎？」

話說回來，紗彌好像說過小時候和奶奶去過幾次常葉神社。紗彌家從以前就住在這裡一帶，她和她的奶奶好像都是在這個城鎮出生長大，所以紗彌家的人對這裡很熟悉。常葉說他認識很多附近的居民，說不定紗彌和紗彌的奶奶也曾在哪裡見過常葉。

「以前這裡能遊玩的地方比現在更少，所以奶奶說她小時候經常到常葉神社玩。」

「這樣啊，那座神社看起來很久以前就有了呢。」

「嗯。然後啊，奶奶還說常葉神社以前還會辦祭典喔！」

來到商店街正中央的時候，紗彌突然往旁邊看。那裡有一條連結到狹窄後巷的小路，我平常都是走那裡去神社。

「祭典？」

「對，七夕祭。大家會在短箋上寫心願，然後有攤販之類的。」

今天就這樣經過旁邊的小路，徑直走進商店街。

「七夕，好像快到了耶。」

「不過祭典是看農曆，所以不是七月而是八月辦喔。」

「是喔……不過，後來為什麼沒辦了？」

我以前住的地方也有當地居民才會參加的小型傳統祭典。規模不大，所以沒有很多人，儘管如此還是一直都有舉辦。

「奶奶說是因為土地開發的關係，鎮上換了一大批人。這一帶歷史悠久，有很多人從以前就住在這裡，但這幾十年有很多地方都被開發了，和奶奶小時候相比，整體變了很多。」

「這麼說來，我家那一帶也是新開發區對吧。我覺得這個商店街很老舊，但對從前就住在這裡的人來說可能並非如此。」

「或許是這樣吧。這個商店街雖然在我們出生之前就已經建好，但對奶奶他們來說算是新建的場地。而且，配合千世家那一區的開發計畫，東區這一代好像也要重新建設。其實我家那邊的西區歷史更悠久，但街上都是老宅反而很難處理。我也不知道這是好事還是壞事。」

紗彌敲了敲立在路中間的老舊石像。石像下寫著「紀念碑」還標示幾十年前的某個日期。這座石像是建造商店街時的紀念。就我看來感覺已經是很久遠的事，但對這個城鎮的人來說或許並非如此。常葉一直以來都看著這些逐漸變化的景色和人們嗎？

長久以來，一直都從那座神社凝望這個城鎮的風景。

——這是時代的變化。人類變得不需要神，也能靠自己的力量活下去。

他是用什麼心情在看著這些變化呢？從不變的地點，看著逐漸改變的萬物。

常葉抱著什麼樣的心情，獨自一人持續守護這片土地呢？

「千世，是那家店吧？」

紗彌突然伸出手指。她指的方向對著之前我獨自前往的章魚燒店，今天也默默地營業中，一樣還是沒有客人。

「聽好了，紗彌，章魚燒非常難吃，所以要有點心理準備。說不定紗彌吃了會暴怒。」

「有這麼誇張？可是如果要讓這間店生意好起來，味道一定要改善吧？」

「嗯……我是不覺得能幫上什麼忙啦……」

「喂喂，千世，妳可是神的助手耶，怎麼可以說這種喪氣話。」

紗彌要我打起精神似地在我的背上拍了一掌。

「妳得幫他實現願望對吧！」

「嗯，對啊。是這樣說沒錯。」

說是這樣說，但神的助手並沒有什麼特殊能力。如果常葉有賜給我什麼像樣的奇蹟神力也就罷了，不巧那位神明除了不可思議的小魚乾之外，沒有要給我其他法寶的意思。

也就是說，我能做的事很有限。不要說沒有神力了，比一般人還弱的我，能做的事情比別人還少，而且現在連要做什麼都還搞不清楚。

不過，我還是得做點事情才行，能做什麼就盡量做吧。我也是因為這樣，所以才找紗彌過來。為了實現某個人向神明許的願，沒有任何能力的我，只能先做能做的事。

「好，紗彌，我會加油。」

「這樣就對了。那我們走吧！」

我們大喊一聲助威，往章魚燒店走去。發現那位大叔和前幾天一樣，站在沒有客人的店裡。不過，今天裡面還有一個人，是一個上次沒見過的阿姨。那個人應該就是一起經營的太太吧？

「不好意思，我要六顆裝的章魚燒。」

紗彌開口點餐，但是櫃檯後的大叔，睜大眼睛看著紗彌身邊的我。

「咦？妳之前有來過對吧？」

「呃，啊，是的。」

沒想到他竟然記得我。原來如此，客人本來就很少，再加上又是回頭客，那就顯得更珍貴了。

果然，等了好幾分鐘章魚燒才做好。紗彌趁這段時間盡量觀察櫃檯內的狀況，也觀察大叔製作章魚燒的動作。

「等等，紗彌，妳這樣看大叔很難做事吧？」

「這些地方可能會有什麼提示也說不定啊！要仔細觀察才行。」

勸也勸不聽的紗彌，甚至從櫃檯探出身子去看。雖然我覺得太過火，但也沒有繼續阻止，因為大叔根本就沒有發現紗彌在看他。他不是不在意，也不是需要專注，只是拚命想做好眼前的事，所以沒有餘裕環顧周遭。而且，即便這樣他也做不好。

「這下還真是碰到難題了。」

紗彌低聲說了一句。

此時，肩膀被戳了一下，於是我回過頭。站在眼前的是剛才還在櫃檯內的太太，似乎是趁大叔拚命做章魚燒的空隙到外面來。

「妳之前也來過是真的嗎？」

太太瞄了大叔一眼。大叔還在跟章魚燒搏鬥中。

「是，二、三天前來過。」

「不過，妳不是真的想再來買我老公做的東西吧？」

「對、對啊。」

雖然我很難直接說不想，但無論如何也沒辦法否定。

「那妳為什麼又來了？」

「這個……因為我朋友很喜歡做菜，所以想說讓她吃吃看這個稀奇的味道。」

我瞄了紗彌一眼。稀奇的味道，虧我講得出來。

太太看著認真觀察櫃檯內的紗彌，露出苦笑。

「他真的做得很差。不管我怎麼罵，說那不是能端給顧客的東西，他就是不聽。結果如我所料沒有客人，這間店才剛開幕，就已經要關門大吉了。」

「這樣啊……」

「可是他還是說要撐到最後，勸也勸不聽。明明就是很怯懦的人，卻在奇怪的地方很固執。」

太太用力嘆了一口氣，但表情看起來不像真的動怒。雖然知道大叔無可救藥，但還是陪在他身邊，真是個溫柔的人。如果是我們家的爸媽，媽媽早就一拳揍扁爸爸，然後強行把店收起來。

「對了，為了感謝妳再度光臨，一方面也是賠罪，不嫌棄的話，這個請妳和朋友一起吃吧。」

太太遞給我一個章魚燒的盒子。我本來以為她該不會是要免費送我大叔做的章魚燒，戰戰兢兢地打開之後，發現裡面不是章魚燒，而是和章魚燒相同大小的迷你蜂蜜蛋糕。聞到柔軟香甜的味道，紗彌突然靠了過來。

「哇喔，看起來好好吃！這是阿姨做的嗎？」

「沒事的時候用店裡的章魚燒機做的。不用的話很浪費啊。阿姨我好歹也有廚師執照，所以和我老公做的不一樣，可以安心享用。不過，我老公說店裡的事情他要自己做，勸也勸不聽，所以我的廚師執照在這裡派不上用場就是了。」

阿姨說得的確沒錯，阿姨做的食物和大叔相比之下簡直就是天壤之別。蓬鬆輕巧的麵糊裡加入甜度恰到好處的紅豆餡，好吃到令人讚不絕口。

「這是什麼！紗彌，太好吃了，不管有多少我都吃得下耶！」

「真的，超好吃。裡面的紅豆餡味道不會太重，剛剛好耶！」

「哎呀，謝謝妳們。紅豆餡是我自己做的喔。」

「咦？紅豆餡也自己做嗎？我以為是從專賣店進貨的耶。和三波屋的甜饅頭一樣好吃。」
我沒有開玩笑，是真的好吃。要不是有實現願望這個工作在身，大叔的章魚燒我是絕對不會吃第二次的，不過太太做的點心就算要花錢我也願意再來吃。
紗彌應該和我有相同的想法吧。紗彌比我還要認真品嘗，吃了好幾個。（連我的份都吃掉了。）
接著，在我們都吃完之後，剛才點的章魚燒終於做好，我們一起去公園吃。結果跟之前一樣。果然，紗彌的意見和我一樣，結論是章魚燒超難吃，已經沒救了。
「到底是怎麼回事呢？火候不均勻，而且看樣子應該是麵糊本身就沒有調好。實在是太瞧不起章魚燒了。該不會是覺得這很簡單，自己也能做吧？」
「那怎麼辦？是不是要在經營變得更困難之前勸他把店收起來？我不想看到那位太太流落街頭啊！」
「不對不對，千世，這樣不就沒辦法實現願望了嗎？」
「那怎麼辦？我也想幫他實現願望啊！」
無論結果如何，那位大叔的確很拚命地在努力。而且我也得知他身邊有太太支持。
再這樣下去不行，好想幫助他們。
可是……我到底能做什麼呢？
「……總之，我們先來開作戰會議吧！」

紗彌從長椅上站起來。

「作戰會議？」

「嗯。我們要提出各種方案才行，感覺很有趣耶。」

「不過，紗彌有想法了嗎？」

「當然有啊！應該是說，這很輕鬆啊！不過，剛開始我也不知道該怎麼辦就是了。」

「我現在還是不知道該怎麼辦啊。」

「為什麼？千世不是吃過了嗎？」

就是吃過所以才這樣說啊。我歪著頭，紗彌噗哧一笑，重新背好書包。

「總之，明天放學後見。」

◇◆◇

今天是料理社有社團活動的日子。我本來就知道，所以我以為紗彌說的放學後是指社團活動結束後，結果不知道為什麼社團活動開始時我也被叫到料理室，和戴著三角頭巾、穿圍裙的社員們一起圍著桌子。

「好，今天的主題就是昨天電子郵件聯絡的，用章魚燒機製作甜點。」

我聽說料理社的社員從一年級到三年級都有，和運動社不一樣，沒有嚴格的上下階級，大家感情很好總是和樂融融。不過現在的氣氛距離和樂融融很遠，空氣中有種緊張感，大家都露出非常嚴肅而認真的表情。

負責主持的紗彌在白板上寫出主題，料理社的社員稍微停了一拍便同時開口。

「章魚燒機的話……我最先想到的是像迷你蜂蜜蛋糕那樣的點心，應該會很受歡迎。」

「我家曾經加入香腸，做成美式熱狗。」

「直接改良章魚燒也可以啊。譬如麻糬起司之類的。」

「做義大利風味的章魚燒怎麼樣？」

「麵糊能不能用馬鈴薯啊？我好想吃薯片，肚子餓了。」

「如果要在麵糊下功夫的話，也可以改用米糊或者小麥糊。」

「如果要加紅豆餡的話，也可以改變餡料的種類。光是這樣就可以增加選擇，麵糊也可以搭配內餡……」

身為外人的我，只能一個人目瞪口呆地聽著大家提出的意見。紗彌像個能幹的書記官一樣，毫無遺漏地把討論內容寫在白板上。大概是因為昨天就已經聯絡過討論內容，所以社員們事前都已經有想法了。不過，討論過程中也出現很多新點子。這種事對不擅長料理的我來說真的難以想像。

接著，在白板已經寫滿的時候（幾乎沒花什麼時間），紗彌蓋上筆蓋說：

「那就來做做看吧！」

料理社的社員們在可愛的喊聲中同時散往各個料理臺，我只能一臉呆滯地看著他們的動作。過了一陣子，室內充滿美味的香氣，我才終於回過神來。社員們手腳俐落地開始料理，而我在不妨礙他們的情況下，認真用茶包沖泡好所有人要喝的紅茶。

剛才的幾個提案，已經有一些成形排在桌上了。

每個盤子上都放著幾種圓形的食物。有些從外觀就大概能判斷是什麼，但有些很難想像裡面放了什麼，也不知道是什麼味道。這些都是實際用家用章魚燒機烤出來的食物。雖然是業餘愛好者，但不愧是擅長料理的料理社社員製作的成品，每一種都像是直擊放學後的空腹般，看起來十分美味。社員們又露出距離和樂融融很遙遠的武士表情，開始一一試吃。

「啊，這個好吃。如果烤的時候多下一點功夫，應該會更好。」

「這個還好。應該是麵糊加料的時候失敗了。」

「啊，這個可以耶。還想吃吃看其他口味。」

「那就加入……」

大家一邊吃一邊提出新的想法。我只能說出好吃這種評語，但料理社員們不斷提出新點子，讓產品變得更好。有人徹底走甜點路線，也有人加入正餐元素，有人選擇簡單的做法，也有人比較講究。各種自由的發想在美味的香氣中交織。

最後留下幾個提案，紗彌沒有寫在白板上，而是寫在紙上。她把那張筆記遞給一直在旁邊蹭飯的我，然後帥氣地拿下三角頭巾說：
「好了，接下來就是千世的工作了。」

◇◆◇

天空開始染上暮色的時候，我和紗彌再度一起來到那個章魚燒店。大叔和阿姨都在，剛好適合談這件事。

可能是作夢都沒想到我不只來兩次，還來第三次，大叔露出燦爛的微笑歡迎我們。但是，我們今天不是以客人的身分上門。

紗彌率先清楚地說：「我們有話想說。」大叔和阿姨兩個人面面相覷。

胃好痛。我不想說這種話。可是不說的話，願望就無法實現。我必須實現他的願望才行。所以，只能開口了。

紗彌在我背上拍了一掌。沒問題的，她使了個眼神，我才終於下定決心。

「大叔的章魚燒，真的很難吃。」

當然，空氣都凍結了。不過，那是指大叔身邊的空氣。太太聽到我們過分直率的感想也毫無驚訝之色，只是說了句「哎呀哎呀」。

「不只是我，朋友吃了也這麼覺得。其他人應該也一樣。」

大叔臉上毫無血色，嘴唇不斷抖動。不過，為了改變這間店，不管大叔再怎麼生氣、哭喊，我還是要說。必須狠下心來才行。

「這裡地點很好卻完全沒有客人，單純是因為大家不想花錢來吃。說實在的，端出這種東西給客人，連我都覺得不可置信。繼續這樣下去，也不會有客人上門的。」

「嗯嗯，根本就不是人吃的東西。」

紗彌也刻意說得很難聽來附和我。

「大叔，照這樣下去是不行的。為了讓店裡的生意好起來，一定要推出讓客人願意上門的商品，最好的做法是大叔去進修做章魚燒的方法，推出好吃的商品，不過這樣太花時間，所以現在應該要試著改變菜單。」

太太意外地非常有興趣的樣子，甚至從櫃檯探出身子聽，大叔則完全相反，他的眼神空洞，最後還踉蹌一下。不過，他在倒下前努力恢復清醒，臉色蒼白地大嘆一口氣。

「妳到底在說什麼！從剛才就擅自講個不停，經營的事和妳們這種高中生一點關係都沒有，而且妳們根本就不懂。」

「就是因為連我們都知道不好吃，所以才會賣不出去啊！」

「我、我說啊……如果不是來買章魚燒的話就請回吧。妳們這是妨礙營業。」

「你說我們妨礙營業，但根本沒有其他客人不是嗎？」

「那個……可是，偶爾也會……」

「大叔，再這樣下去，這間店真的會倒喔！」

這句話似乎真的堵住他的嘴了。雖然被女高中生這樣指手畫腳很生氣，但他一定因為被說中心聲而感到困惑。畢竟最了解現在的狀況有多危急，甚至不惜去求神的人就是大叔自己。

「我說啊，大叔是想賣自己做的章魚燒嗎？你的心願是即便這間店倒了，也要固執地繼續賣這麼難吃的東西嗎？大叔最想實現的願望不是這間店能一直生意興隆嗎？」

我親耳聽到大叔拚命乞求的聲音。或許大叔想許願的對象不是我而是神明，但我確實聽到他迫切的願望了。

而且，我就是為了幫助他實現願望才來到這裡。

「老公啊，你該放棄了吧。她們應該不是來找碴的。」

開口說話的是太太。瞪著我們的眼神緩緩轉向太太，太太露出微笑回應時，大叔抿緊了嘴唇。

「因為不管我怎麼說你都不聽，所以我想只好陪著你撐到不行的那一天，但一切就到此為止了。我很喜歡看到你努力的樣子，不過果斷放棄也很重要啊！」

「怎麼連妳也……說這種話。」

「謝謝妳們耶。對著大人說這些話一定很需要勇氣，謝謝妳們說真話。我老公明明手藝不精卻硬要開店，所以就選在我爸爸比較吃得開的商店街開了店，結果就像這樣，完全失敗。不過，如此一來我們也確實了解是自己想得太天真了。」

太太這樣說的時候，一旁的大叔突然開始落淚。大叔完全無視目瞪口呆的我，開始嚎啕大哭。

「因為自己開店是我的夢想啊……我老家也是開店的，所以我才想開一間自己的店。朋友開了章魚燒店之後，我就覺得自己也能辦到，但是我想得太簡單了。章魚燒真的很深奧。雖然我練習了很久，但還是做得不好。」

大叔情緒激動，太太溫柔地撫著他的背。但是，看到一個大男人放聲大哭的樣子，很抱歉，我只覺得驚嚇。朝我旁邊一看，紗彌也和我一樣，嘴角歪成奇怪的角度。不過，現在不是驚嚇的時候。

「那個，不好意思，方向好像變成要關門大吉了，不過我要說的不是這個。」

得冷靜把主題找回來才行。我剛才應該早就下定決心，無論大叔怎麼哭喊，都不關我的事。

「剛才已經說過，我建議你變更菜單。只要推出能暢銷的商品就能解決問題了。」

「……改變菜單……這可沒那麼容易。」

「昨天阿姨送給我們的點心超好吃。只要推出那個就可以了啊！」

紗彌滿臉笑容地對我說：「對吧？」

「對，沒錯。如果是那個的話一定會大賣。當然，不能由大叔做，請讓太太來做。」

「這樣啊，用我做的……不過那是我自己做著玩的，只能拿來當家裡的點心或者分送給朋友。」

「所以要把它商品化。這一定能成功。除此之外，再構思其他食譜，嘗試推出各種不同的商品應該不錯。」

「譬如有像可麗餅一樣的甜品，也有小菜類的鹹食。」

如果是要提供給客人的商品，就需要多下功夫。不過，太太本身有料理技術，所以絕對不會是件難事。

「我們覺得光是嘴上說說還不夠，所以帶來幾個新點子。」

「對，沒錯。就是這個……」

我從口袋裡拿出寫著今天料理社成果的筆記。我遞過去後，太太的眼神為之一變。

「如果能成為菜單開發時的參考就太好了。這是我們學校料理社社員幫忙想的菜單。」

「我們認真想過，只要阿姨能夠以這個為基礎應用，應該就能開發出有趣的商品。」

「嗯，原來如此……利用我們原有的工具啊。」

「只要活用現有的工具，應該馬上就能挑戰看看。」

「是啊……應該能做到。我也有其他想嘗試的食譜。多方嘗試看看……的確感覺很有趣。」

太太和大叔不同，完全就是個料理人。因為是喜歡的東西，所以靈感源源不絕，而且她本來就擅長料理，當然很了解做法。現在只差向前一步的力量。因為她是個溫柔的人，所以總是讓自己當賢內助。不過，只要有人推一把，就能輕鬆踏出那一步。之後，光靠自己的力量也能大步前進。

「這裡是我們學校和私立學校學生上下課的必經之路，不妨試著下功夫推出會受學生歡迎的商品。外觀圓滾滾很可愛，再加上種類豐富的話，應該就會有人上鉤。再來就是改變一下容器，做成方便邊走邊吃形狀之類的。」

「還有，如果店門口有長椅也很不錯。」

「……對耶。原來如此。嗯，這些也很重要。老公，那些就交給你。我來試著做做看其他菜色。」

「妳在說什麼啊……妳真的要做嗎？」

停止哭泣但完全被冷落在一旁發呆的大叔抓住太太的袖子。

「被這種小孩說服，反而做了白費工的事怎麼辦？」

「不對，我不覺得會白費工。仔細想想，應該可行。我覺得可以辦得到。」

「可是這些都是小孩子的提議，會這麼順利嗎？」

「我說啊，現在都已經站在懸崖邊了，嘗試之後失敗和不嘗試就結束不都一樣嗎？既然如此，當然要盡力而為啊。你覺得呢？剛剛這孩子問過你吧？你想要放任這間店倒閉嗎？」

「當……當然不是……」

「既然不是，你就當做是這些孩子給你機會不就好了。反正我會試試看，你呢？」

「我、我也一起！」

「聽好了，這是最後一次機會了喔！」

「知、知道了！」

大叔又開始露出哭相，我和紗彌苦笑著對太太說：「那接下來就交給你們了。」菜單的事太太和大叔應該會自己想辦法，我們只能幫到這裡為止。不過，為了讓這間店繼續經營，我們還有重要的工作要做。

「我們會使出必殺技，新菜單就麻煩您準備。」

「喔？什麼必殺技啊？」

「最快最有效率讓店家受歡迎的方法。」

我和紗彌相視點了點頭。

「女高中生的口耳相傳很厲害喔！」

◇◆◇

幾天後，我和紗彌再度前往那間店。其實我很不安，經營方面的事情我當然不懂，而且要是這麼簡單就能改變的話，這個世界的大人就不會那麼辛苦了。

「啊，感覺好緊張喔。我已經有一段時間刻意不經過那裡了。」

「千世為什麼要緊張啊？我說了沒問題啦！」

「為什麼紗彌這麼輕鬆啊？因為是別人的事嗎？」

「等等，不要把我說得像個無情的傢伙。不是這樣啦！」

紗彌還沒說完就停下來，看著前方啊了一聲。我順著視線看過去，也發出一樣的驚呼聲。

那是幾天前還門可羅雀的地方。現在熱鬧非凡，變成人潮聚集的中心。

「怎麼回事？超多人的！」

「所以我不是說了沒問題嗎？」

「紗彌知道會有這麼多人？」

「我想說要找妳一起來，所以刻意沒有走這條路，不過社團很多人討論這家店呢。」

後來，我和紗彌在學校刻意散播那間店很不錯的消息。尤其是紗彌還熱烈向料理社員推薦。之後我們不必努力，傳聞也會自動擴散。料理社員比任何人都了解美食，所以他們提供的消息比任何宣傳都有效，瞬間就傳遍了整個學校。
「不過，我沒想到還真的成功了。」
「從零開始重整的確是沒辦法。我們只是把隱藏在裡面的好東西拉出來而已。」
「實際上光是這樣就順利受到歡迎了呢。太太真是厲害！」
從縫隙中可以看到櫃檯後面，大叔和太太正忙碌工作。遠遠看著的時候，大叔好像發現我們，做出要我們等一下的動作，過了一會兒就來到我們身邊。
「我一直在等妳們來！」
「來，這給妳。」大叔遞給我一個方便手拿的長紙袋，裡面有味道香甜的圓形甜點。剛才在排隊的其他客人手上也都有一樣的紙袋，大家在商店街裡邊走邊吃。
「因為順利開發了商品，所以就試著推出了。我們把商品命名為『迷你滾滾燒』，結果就像妳們說的，很受學生歡迎。」
「好厲害喔，我嚇了一跳呢，短時間內就大受歡迎了啊！」
「真的！都是託妳們的福，謝謝妳們！」
大叔一副要哭出來的樣子。我瞄了紗彌一眼，她笑得很開心。
「大叔不用客氣啦。畢竟我們本來就是來實現你的願望啊！」
「願望？」
「噓，紗彌！」

大叔驚訝地皺起眉頭。不過，毫不在意的紗彌笑容滿面地拍拍我的肩膀。

「這孩子是神的助手，實現願望是她的工作。」

「神的……助手？」

大叔一臉問號看著我。我在心裡嘟囔著：很難相信吧！

「所以才會來實現大叔想讓這間店生意興隆的願望啊！願望實現真是太好了呢！」

紗彌歡樂的聲音迴盪整條街。我苦著一張臉，什麼話都說不出來。大叔的視線刺得我好痛。但是，這視線不可思議地完全沒有朝向紗彌。

好，這個時候最好趕快溜之大吉。就在我這麼想的時候，大叔突然大叫一聲：

「果然是妳！」

……果然？

「我本來只是猜想。是常葉神社對吧？我去參拜那天，妳就來了！」

「呃、那個……」

此時，大叔的眼神不知道為什麼和完全不像的小結重疊在一起。那是閃亮到令人發慌的炫目眼神。

「沒想到真的幫我實現願望了。謝謝妳，我以後也會加油！」

「好、好的，我們會支持你。」

「妳們如果有什麼需要幫忙的地方儘管說。只要我能做得到，我都會幫忙。」

「好、好的。」

淚流滿面的大叔握緊我的手，雖然有點嚇到，但我仍然以苦笑回應。紗彌果然還在笑，大叔已經哭成淚人兒，遠方傳來太太「你趕快給我回來！」的怒吼聲。

「嗯，真的好好吃喔！」

我和紗彌兩個人邊走邊吃著剛才拿到的「迷你滾滾燒」。在數個新菜色中，我們拿到的是太太一開始給我們吃過的、搭配甜豆沙的鬆軟蛋糕。還是一樣美味。如果這麼好吃的話，今後一定也會繼續受歡迎。雖然不知道那間店以後會不會也這麼順利，但接下來就不能依靠神明，只能靠自己的力量了。應該是說，他們得自己想辦法才行。

「千世，真是太好了呢。完美消化了妳的工作！」

「嗯，紗彌，真的謝謝妳。這都是託紗彌的福。」

「不客氣。而且，這對我來說也是很好的經驗啊！」

紗彌又塞了一個到嘴裡，臉頰都鼓起來了。

「這件事讓我想起自己的初衷。」

「嗯？什麼？」

「看著大叔跟我們道謝、阿姨開心地賣著新商品、來買零食的學生臉上的表情，我就想到自己想成為甜點師就是因為這樣的理由。」

紗彌有點害羞地咧嘴一笑。

「喜歡做甜點、吃甜點當然也是原因之一，不過最重要的應該是我做的甜點能讓大家開懷歡笑，這真的很令人開心。」

「嗯。」

「我希望我能成為隨時帶給大家歡笑的人。比起想做甜點，我覺得我應該更想帶給大家歡樂，這就像夢想的泉源一樣，成為我夢想的根基。」

紗彌不知不覺地往上看，我也跟著抬頭看天空。就在這個時候，我想起和常葉一起看過的那棵巨大的樟樹，從粗壯樹幹延伸出許多樹枝。人的道路也像樹枝一樣，一點一點地分歧，大家會各自踏上屬於自己的那條路。那個渺小的理由，一定就是紗彌在接近樹幹的分歧點上的指標。

和紗彌分開之後，我快步跑向神社。從不同於平時的道路進入後巷，筆直走在無人的巷弄裡。三步併兩步奔上石梯。抬頭望向紅色鳥居，熟悉的神社就在那裡等著我。

「常葉，你聽我說！」

我聽說參道正中間是留給神明走的，所以不能踩踏。我無視那些規矩，在參道正中央邊說話邊跑。

不過，常葉不在神社裡。他通常都會優哉地坐在神社裡，但此時沒看到他，叫了也沒出現。
「咦？是出門了嗎？」
神社境內一片寂靜，只有我的樂福鞋踩在參道上的喀答聲。
我決定先坐下來等他。常葉經常突然消失，應該稍微等一下就會回來了。我本來這樣想，但一靠近神社就發現，常葉在一個剛好被功德箱遮住的地方睡覺。
啊，原來他在啊！就在我這麼想的同時──
「哇！」
我嚇了一跳往後退，結果被自己的腳絆倒，一屁股摔倒在地。就在我悶哼哀號的時候，常葉嘟囔著「吵死了……」然後睜開眼睛。
「嗯？什麼嘛，原來是千世啊。妳到底在幹什麼？」
我正在揉受到重擊的屁股，常葉受不了的樣子望向我，滿臉睡意地抓了抓銀色的頭髮。他抬頭往上看的樣子和平常一樣。
「你怎麼可以說『什麼嘛』！」
唉，我忍不住嘆氣。
伸手拍掉裙子上的沙子，結果臀部一陣刺痛。感覺應該是瘀青了。可惡，蒙古斑竟然在這個歲數復活。
「都是常葉的錯。我是因為常葉才嚇到跌倒的。」
「我做了什麼？不要把妳的愚蠢和大屁股怪到我頭上！」

「吵死了！真是的。都是因為常葉好像變透明，我才嚇一跳的。」

我撿起跌倒時飛出去的書包，扶著功德箱站起來，坐在已經起身的常葉身邊。

「變透明？」

「對啊。你身體後面的木紋都露出來了。這當然會嚇到啊。要現身就清楚一點，不然就乾脆不要讓人看到啊！」

雖然我知道常葉會消失，但不代表我已經習慣這種不可思議的現象。突然變透明，搞得我心跳差點停了。

「拜託，饒了我吧！」

「嗯……這樣啊。」

常葉沉默了一會兒，才喃喃地說了這句話。

「抱歉。我只要一個不小心就會變透明。」

「是這樣嗎？我一瞬間還以為是什麼妖怪耶。」

「真是失禮，不要把我和人類的靈魂相提並論。」

「話說回來，世界上真的有妖怪嗎？」

「這個嘛，不好說。」

常葉這麼說之後，打了一個大大的哈欠。

「所以，工作處理得怎麼樣？」

常葉應該知道我是來報告那件事的結果吧。而且他一定也已經知道結果如何，不過既然他都問了，我便用右手比了一個剪刀的姿勢。

「大成功。有很多人光顧那家店喔！所以，應該已經沒問題了。」

「這樣啊，太好了。又完成一個願望了。」

「嗯，太好了！」

今天大叔的表情和一開始遇到他的時候完全不同。商品的問題已經解決，而且負面氣場也已經消失，我想很多事情也會漸漸改變。我不是真正的神明，今後沒辦法一直守護那間店，不過大叔的店以後不用求神應該也沒問題。

「其實我本來很怕那個大叔。」

「是嗎？我倒是很喜歡那個男人。」

「咦？喜歡他哪裡？常葉有這種嗜好喔？」

「雖然不知道妳說的嗜好是什麼意思，不過我是因為那個男人有明確的夢想才喜歡他的。」

常葉伸出右手。向上翻的手掌透出朦朧的淺淺亮光。

那是大叔的願望。

「他想要擁有自己的店。想用自己製作的東西帶給更多人歡笑，是個無法撼動的夢想呢。」

「歡笑……」

和紗彌一樣。那個大叔和紗彌擁有相同的夢想。希望身邊的人能夠開懷大笑，那是他龐大的夢想根基上，宛如幼小新芽般的夢想泉源。

「原來他這樣想啊。」

「不過，選到一個好伴侶只能說他運氣好。」

「就是說啊。如果是大叔的章魚燒，真的沒辦法為大家帶來歡笑。」

想起那個難吃的味道，我不禁苦笑。

「好想給常葉吃吃看。」

「不用了，我只吃好吃的東西。如果是又甜又美味的東西最好。」

「一直吃甜食的話會得糖尿病喔！這是現代疾病，所謂的生活習慣病。」

「生活習慣病……」

「沒錯。」

常葉笑了笑。不知道是不是很喜歡這個詞，他又再度像在唸什麼咒語似地說了一次「生活習慣病」然後慢慢站起來。左手也一起捧著手掌裡輕飄飄的大叔的夢想。

「千世啊，妳要記住。妳又學會一件事了。有些事情光靠努力是沒有用的。不過，就算連一點可能都沒有的事情，只要有個微小的契機，都能拓展出一條康莊大道。不往前走就不會知道，那條路是中斷還是延續下去。那個男人就是因為沒有停下腳步持續向前走，才找到了自己的路。」

接下來已經沒問題了。常葉對著什麼這樣說。

「那個男人今後也會持續實現自己的夢想。」

常葉站起來，像小結那時一樣，把大叔變成淡淡光芒的願望送往天際。
「千世，遇到阻礙也沒關係。不往前走的話，連阻礙都碰不到。」
明明天色還很亮，那道光卻像流星一樣，融入天空之中。

◇◆◇

比往年早開始的梅雨，比往年早結束。在新聞節目報導梅雨比往年提早結束前，天空就已經開始變得晴朗，今天也和往常一樣，隨處都是爽朗的藍天。梅雨季結束後，濕黏的感覺仍然沒有改變。好悶熱。接下來，真正的夏天就要來臨。
「千世，起床了嗎？」
就在我拉開房間的窗簾時，一樓傳來媽媽的聲音。
「起床了！」
嚴格來說是剛起床。
「我要曬棉被，把被子拿下來。」
「呃……真麻煩。」
「不拿下來的話，就不曬千世的被子了。」
呃，我說不出話。上次曬棉被的那天，我沒聽媽媽的話，所以只有我的棉被沒曬。剛起床就要勞動實在很累，但我也只能吞下抱怨開始搬運棉被。現在天氣熱所以沒有蓋厚被子，這大概是唯一的救贖。只要搬一件墊被和毛巾毯就好。

我一邊喘著氣一邊下樓，把被子放在客廳對面的落地窗前。媽媽在庭院晾自己和爸爸的被子。

「嘿咻！啊，好累。」

「好，辛苦了。早餐在那裡，去吃吧。」

「是法式吐司！」

早餐放在桌上。爸爸早就已經坐在我斜對面的位置上。今天是假日，爸爸的表情比平時輕鬆，一邊讀報紙一邊懶洋洋地搔搔鬍碴。

「大和的學校好像很順利啊！」

爸爸邊咬法式吐司邊看報紙上小到快要看不見的電視節目欄，然後突然說了這麼一句話。

「什麼順利？」

「地區大賽啊！妳看妳看。」

桌上攤開的報紙，停在縣內資訊地區版那一頁。這個時期報紙上會報導前一陣子開始的甲子園地區大賽的資訊。

「今年應該也能去甲子園吧？」

「還不知道吧？接下來才要開始苦戰啊！」

聽說我們學校弱小的棒球隊沒有辜負大家期待，打一場就輸了，不過大和的學校是私立的強棒學校，現在似乎如外界預測一路都贏球。

「如果那麼簡單就能打進甲子園，大家就不用那麼辛苦了。」

「是啊，今年這一區好像都很強。不過，大和一定沒問題。只是他從預賽就一直投球，實在令人擔心啊！」

「擔心什麼？」

「高中棒球很常見啊！投太多球導致投手負傷。如果是強棒隊伍，王牌就要從預賽一直投進甲子園耶。」

「啊，原來如此。大和的學校好像也是都交給大和投球。」

「大和從以前就很小心保護自己，我想應該是沒問題。」

「對了，話說回來，千世這次也會去甲子園嗎？」

剛才幫我曬棉被的媽媽從庭院露出臉來。

「大和他們學校如果有晉級的話。」

「今年媽媽也去看好了。」

「爸爸也要去。」

「你們怎麼跟紗彌說一樣的話。」

去年我自己一個人去，和大和的家人在球場一起看比賽。如果今年也去，感覺應該會很熱鬧。

「不過，大和還真厲害。好像已經有職業球團在注意他了。」

「喔，這樣啊……」
「得趁現在跟他要簽名才行。」
「要大和的簽名幹麼啦！」
放青梅竹馬的簽名在家裡當裝飾，只會看起來像笨蛋而已。一點也不值得感謝。
「千世也要學學人家。」
一大早就忙得團團轉的媽媽，晾完棉被仍然在客廳忙東忙西。我喝著奶茶，背對媽媽聽她說話。
「妳看，大和都有考慮將來的規劃，而且非常努力。千世也差不多要開始認真努力才行。妳跟朋友都不聊這些嗎？」
「……會聊啊。」
「不能一直這樣得過且過喔。自己要好好想清楚未來的規劃。」
「我知道啦！」
就算我已經回答，媽媽還是繼續碎碎唸，所以我乾脆假裝沒聽到，繼續啃我的法式吐司。
我自己也知道啊。這種事不用媽媽說，我自己最了解。必須好好思考將來的事才行。我必須變成大人，和大家一樣踏上專屬自己的道路。畢竟我不能一直待在原地。

「我吃飽了。」
「喔，這麼快。」
「因為我還有事。」
「有事？該不會是要去約會吧！」
「不是啦！是為地方奉獻的志工活動。」
「這、這樣啊，真乖……爸爸不會同意妳和大和以外的男生在一起喔！」
「什麼？什麼意思啊？」
我把空盤放在流理臺，迅速做好準備後便走出家門。天空晴朗到令人覺得陽光刺眼，天氣比昨天更熱，好後悔忘記抹防曬。

第五章・向日葵朝向的方位

我喜歡夏天。因為夏天有暑假啊！但是我不喜歡天氣熱，如果有冰能吃的話，還算好一點。

不過，放暑假前除了熱之外沒有任何好處的這段時間根本就是地獄，只有昨天考完期末考這一點是唯一的救贖，不過天氣如果變得更熱那就沒意義了。而且，梅雨季節好不容易結束，現在卻仍然濕熱到不行，真的令人難以置信。

「千世，快去打掃淨手池，盛水盤很髒了。」

唉，太陽為什麼離得這麼近啊？希望太陽可以暫時下山一下。我好想冷靜。想在冷氣很強的房間裡吃剉冰、看電視、睡午覺。

「千世，有雜草。這樣不好看，快拔掉。」

還有，我希望蟬可以不要再叫了。好吵。什麼壽命很短之類的，不關我的事。而且我聽說蟬本來就在土裡活了很長一段時間，好像還有沉潛在土裡超過十年的傢伙，比加卡利亞倉鼠還長壽啊！

「喂，千世。」

「吵死啦啊啊啊啊啊！」

常葉的肩膀抖了一下，細長的眼睛瞪得圓圓的。

「怎、怎麼了，千世。妳這麼大聲會嚇到我，小聲一點。」

「吵死了！這樣靜靜不動已經很熱了，怎麼可能還做這些有的沒的！」

「可是……這是千世的工作啊！」

「又不是一定要我來做。而且這裡本來就是常葉家，偶爾你也自己動手啦！」

「什、什麼……？」

「之前是你自己說打掃就交給你的，結果自己這麼懶散！今天我也不想動。這麼熱要怎麼活動啊！」

我一股腦地往後躺下。光是這樣一個動作，身體就變得好熱。

「啊……大吼大叫又流汗了。」

在神社的屋簷下比直接曬太陽好一點，但只有「好一點」而已，果然還是很熱。再加上神社周邊有很多樹木，所以蟬也很多，四面八方傳來大合唱，感覺都要神經衰弱了。接下來蟬應該會變得更多。

「……那也用不著這樣大吼大叫吧。」

旁邊傳來這麼一句話。循聲看過去，常葉屈膝坐著，然後抱著膝蓋把臉埋在膝蓋間。

「這麼討厭的話不要來就好了啊……」

「是你叫我每天來的耶。」

「我也不想硬逼妳來啊……」

「我不討厭來這裡，只是討厭天氣熱。」

這樣說完之後，常葉稍微別開臉瞄了我一下。

「真的嗎？」

哇，這傢伙真麻煩。雖然我這麼想，但只有露出表情，忍著沒有說出來。我敷衍地回答「真的啦」然後再度起身。

我翻了翻正在讀的書。那是今天來這裡之前，到圖書館借的鄉土資料。其實我想在涼爽又安靜的圖書館裡讀書，但想到沒有來神社的話，常葉的詛咒說不定會爆發，只好心不甘情不願地拿來這裡看。

我很難在眾多書籍當中挑選合適的，所以詢問館員之後才借了這本。這份文獻有寫到關於常葉神社的事情。之前紗彌稍微提到這個神社——過去曾經舉辦過祭典，讓我一直很在意。我並不了解這座神社的歷史。

常葉神社歷史悠久，根據現存的資料顯示，創建於西元九百六十八年——康保五年的冷泉天皇時期，是擁有千年歷史的傳統神社。據說這裡原本就供奉祈求晴雨的神明，「常葉」這個名字代表「綠葉常青般繁榮昌盛」以及大地豐饒的意思。原來如此，所以最初見面那天，我提出想要雨停的難題，他輕輕鬆鬆就實現了。

「原來常葉是操控天氣的神啊！」

「不是啊。我沒有特別專精某個領域啊！」

「咦？是嗎？」

「不過以前人們擅自認為我是專門操控天氣的神就是了。是說，力量太弱的神沒辦法影響天氣，所以就算我不願意，那也變成我的工作之一了。」

「……神界也有很多不得已啊。」

算了，那不重要。但是，常葉剛才說「以前」的確沒錯，專門操控天氣確實是很久很久以前的事了。還有別的說法是有人來這裡參拜後在大型戰役中建了軍功，或者是祈求技藝有所精進後就遇到貴人，雖然不知道是真是假，總之出現「能實現願望」的傳聞，結果這裡就變成祈求各種願望（尤其是強烈希望自己能夠變成什麼人）的聖地。

「還真是隨便耶。」

「本來就是這樣啦。反正我一點也不在意，而且無論是神的特性還是神社的規矩大多都是人們擅自想出來的。我是覺得可以再寬鬆一點，畢竟我也不會因為這樣就詛咒人啊。」

「嗯——不會詛咒人這一點不太能相信就是了。」

這座神社就像這樣一直實現這片土地的居民或旅人的願望，而夏天舉辦祭典的起源，可以回溯到常葉被當成天氣之神的時候。據說某年出現史無前例的空梅，在完全沒降雨的狀態下進入夏季，到了夏天日照持續直射大地，使得這一帶的居民都傷透腦筋。以前的人比現在更快選擇「有困難就求神」的做法——於是在常葉神社舉辦了祈雨的儀式。結果真的下雨，所以民眾都很高興。之後每年同一個時期都會舉行儀式，這就是常葉神社夏季祭典的開端。

夏季祭典是在江戶時期變成「七夕祭」。從江戶傳來在短箋上寫心願並裝飾在赤竹上這種現代已經熟悉的做法，而且實現願望這一點和常葉神社的宗旨相同，所以便開始有了七夕祭的風俗。

持續很長一段時間的祭典現在之所以消失，除了紗彌說的土地開發之外，還有以前曾經發生過和乾旱相反的水災。雖然直到昭和後半期都還有舉辦祭典，不過當時剛好在進行商店街建設等土地開發工作，所以有大量外地人來到這個城鎮。同一時期又碰上強颱導致悽慘的水災。

雖然奇蹟似地沒有出現死傷者，但整個城鎮受到的災害不小，那年預計舉辦的祭典也就取消了。後來，忙著重振地方與開發的人們認為「現在不是辦祭典的時候」，所以隔年之後都沒有重啟祭典，最後這個祭典就被大家遺忘了。

雖然有點淒涼，不過這就是這間神社曾經舉辦七夕祭的經緯。

「真是無情耶！明明是當地重要的祭典，竟然如此輕忽！狀況穩定之後都沒有人說要繼續辦嗎？」

我用力闔上書本。讀完之後就知道這間神社過去有多受人喜愛，但現在竟然就這樣莫名地拋棄這份愛。

「當時有很多人都不是當地人啊。這也是沒辦法的事。」

「常葉就是這樣溫吞，才會被淡忘啦！你要抱著『忘記對神明感恩的傢伙，我會降下天罰！』的態度才行！」

「如果是這樣的話，第一個要罰的就是千世喔！」

「我明明就這麼誠心誠意在幫忙耶！」

和暴怒的我相反，常葉輕柔地笑著。然後慢慢伸出食指，指著淨手池正面那一區。

「七夕祭的時候那裡會插著幾根赤竹，大家都把寫著願望的短箋綁在上面。還有攤販會來擺攤，大家在組裝好的舞臺上唱歌跳舞，有時候還會在郊外的河岸邊放煙火呢。」

「煙火，那還真是盛大耶。」

「如果只有放煙火的話，現在也有喔。雖然和以前的時間不太一樣，如果剛好碰上盂蘭盆節的話，今年應該也會辦喔。」

「是喔，原來如此。去年也有辦嗎？我都不知道。」

去年盂蘭盆節我去奶奶家玩，可能是在那段時間辦的吧。那時我還沒有像現在這麼了解這個城鎮，而且也完全不知道這座神社的存在。

現在藍天依然明亮，不可能有煙火，但我還是抬頭看了天空。萬里無雲的夏季藍天，近得彷彿觸手可及，而人們總是對著實際上非常遙遠的天空許願。

我想起見過數次的不可思議的景象。透著朦朧色彩，飛向天際的願望之光。

那就像煙火一樣。雖然只是一道光，但發出燦爛的彩色光芒衝向天空的樣子，很像我小時候看到的煙火。如果寫在短箋上的願望全都飛向天空，看起來一定真的就像煙火一樣。每張小小的短箋都乘載一個願望，乘載著每個用心撰寫的文字和心靈。

「嗯？」

口袋裡發出聲音，拿出手機發現有一個新的訊息。

「喔——這就是所謂的電子郵件吧，我知道這個喔！」

常葉毫不避諱地看著手機畫面。

「不必寫信也能馬上傳遞消息對吧，真是方便的世界啊。」

「你知道的還不少嘛，我在有手機之前也經常寫信就是了。」

「神崎大和。」

「啊，你不要偷看啦！」

「大和是誰？名字很有男子氣概啊！是男朋友嗎？」

常葉無視我說的話，一直盯著手機畫面看。反正偷看的人是常葉，我便放棄掙扎，打開大和傳來的訊息。

「大和是我青梅竹馬的朋友。跟我同齡，是個棒球少年。」

「是喔，青梅竹馬啊！」

「嗯，不過我們已經半年以上沒見過面了。」

大和的訊息是來報告今天的比賽結果。今天對戰的高中似乎是過去曾經打進甲子園的名校，之前大和就說過，今年的地區大賽應該就是這一戰最關鍵了。

「我們贏了，太好了。」

正文只有短短一行。我已經接到過無數次「今天的比賽，我們贏了」這種報告。

看著畫面裡的那句話，我自然而然地彎起嘴角。我現在的表情一定和投完最後一球的大和一樣。

大和的表情沒什麼變化。好像從小就這樣。他明明就長得很可愛，但是經常臭著一張臉。

不過，只有一件事會讓大和的表情徹底改變。那就是打贏比賽的時候。

投完最後一球，比賽結束的瞬間，投手丘上的大和總是笑得像太陽一樣。他會朝著隊友笑，朝著自己的手笑，朝著投手丘笑，朝著天空笑。我見過這個場景好多次。無論什麼時候看，都覺得那個笑容炫目得令人無法直視。我很喜歡看著那個笑容——看著開心打棒球的大和。我和大和的身高還沒有差很多的時候，完全沒有想到有一天我們兩個人會走向完全不同的路，總是天真地對轉向我的大和揮手。

現在我已經不會對他揮手了。雖然大和還是會轉過來看我，但我覺得他所在的位置實在太遙遠了，我總是在人潮洶湧的地方，看著獨自站在投手丘上的大和。

我關掉手機畫面。漆黑的液晶螢幕，模糊地倒映著我的影子。

「什麼嘛，妳不回覆嗎？」

常葉一副很沒趣的樣子這麼說。

「如果是剛打完的話，一定馬上就要開會，我之後會回啦。」

「可是他說不定在等妳回覆，要馬上回才行。」

「他不會等啦！平常都是這樣啊。我們又不是男女朋友，不用馬上回也沒關係啦！」

「不行。現在馬上回。」

常葉不知道為什麼硬要我回覆。明明就和他無關，搞什麼啊？這麼拚命？

「我等一下會回啦，這樣可以了吧？」

「這樣啊，原來如此，我知道了。」

常葉一臉正經地看著我，於是我就了解這傢伙什麼都不知道了。

「妳不回的話，就由我來吧！」

「什麼？」

你看，他真的什麼都不知道！

「不用，我知道了。你根本不是想要叫我回信，而是想自己操作手機吧！」

「妳在說什麼呀？」

他雖然歪著頭裝可愛，但是心裡打什麼算盤實在太明顯。我瞪著柔順的銀髮一會兒，才心不甘情不願地把手機遞給常葉。我這個人，還真是意外地心胸寬廣呢。

「交給我吧，我知道怎麼用。」

常葉的表情瞬間就變得開朗。

「不要碰奇怪的地方喔！如果打開其他畫面，我就直接給你一拳。」

「要寫什麼好呢？」

「回他恭喜就好。」

「太隨便了吧，不能只回這些。」

常葉盯著回信的畫面，像個不熟悉手機的老爺爺一樣，慢慢地按著按鍵。

「得回更有情感的話才行。」

「不用啦。他只是報告結果而已，沒有期待我回什麼。我平常都只會回一句話而已。」

「即便如此，要傳給某個人的話語，無論長短都應該要認真思考再寫啊！」

手機畫面上慢慢出現「恭喜」的字樣。如果是我的話，這種內容不用一分鐘就能打好傳送出去。

「要傳某個人的話語，是指電子郵件或信件嗎？」

「是啊。」

「是喔。那不是寫給人，而是像繪馬那樣，寫給神的願望也一樣囉？」

「當然啊！」

「七夕寫願望的短箋也是嗎？」

正在搜尋表情圖示的常葉，在最後加上一個飯糰的圖案。空了一行之後，開始擅自打字。

「那也一樣啊。大家都是用心寫下心願，向上天祈求能夠實現啊。」

「嗯。」

「語言有形體，但心意就不同了。所以無論是什麼形式，都要慎重表達。如此一來，語言就能包含心意。」

「你是指語言能表達心意的意思嗎？」

「沒錯。如此一來，就能傳達到對方心裡。」

「是喔。」

畫面上的文字又增加了。常葉在我說的「恭喜」之後，加上「我會為你加油」和印度人的圖案才按下傳送。我和常葉的文字，現在應該乘著電波傳送到大和的手機了。

溫熱的風吹得樹木沙沙作響，天空劃過一道纖細的飛機雲。

「常葉收到過很多人的願望對吧。」

我把手伸向天空，彷彿連自己都沒發現剛才說了什麼似地脫口說出這句話。我沒有刻意看，所以不知道常葉露出什麼表情，不過他像平常一樣，用若無其事的口吻喃喃地說：

「對啊。」

我稍微一個不注意，常葉就不見了，所以我只好怒氣沖沖地打掃淨手池。我知道自己雖然很討厭做這種麻煩事，但是只要開始做就會很講究。流著汗拚命擦過的水盤像新的一樣乾淨，水質和腳踏處都一塵不染，整個空間變得非常舒適。

「呼──完美！」

以我的程度來說，算是打掃得非常完美。做到這個程度，相信常葉也挑不出毛病了。常葉動不動就像刻薄的小姑一樣露出「真的有打掃嗎」的冷漠眼神，這次他如果又說這種話，我就在水盤養小烏龜報復他。

「才不會由著別人欺負我呢！」

我用手背拭去額頭上的汗水，對著天空大喊一聲：「好了！」雙手握拳推向廣闊的藍天。嗯，真是爽快。

「……」

自己做這種事一點也不覺得羞恥，當然是因為周遭一個人都沒有。常葉不知道跑去哪裡之後，這座神社又剩下我一個人。只有蟬一直叫個不停，其他都很安靜。

我一直蹲著躲在淨手池的屋簷下。沒有人煙的神社十分寧靜，只有我一個人。古老的小鎮神社明明曾經繁榮一時，現在卻杳無人煙。

話說回來，最近好像都沒看到安乃婆婆。經常來這座神社的人只剩下安乃婆婆，連安乃婆婆都沒來，那之後大概也不會有別人來了。安乃婆婆在我被常葉抓來這裡之前似乎經常來參拜，這麼長時間沒來可能是有什麼苦衷。雖然有可能只是單純因為太忙或者覺得麻煩……不過，我總覺得她不是因為這種理由就不來的人。

──有千世小姐在，變得熱鬧了，真好。

我坐立不安地動了動，涼鞋下的砂石便發出聲音。周圍靜得連這種細微的聲音都變得很明顯，但是停在附近的蟬叫聲卻吵得我耳朵生疼。我一個人獨自坐在神社境內的一小片天地，常葉還是沒有現身。

「……嘿咻。」

我站起身子舒展筋骨。太陽依然高掛空中，我用手遮住光線往前看，一邊走在參道正中央一邊穿越鳥居。

穿越商店街後，我來到有一大片老宅的住宅區。在一座和我家那種新興住宅氣氛完全不同的某個宅邸前停下腳步。

大面積的門庭和裡面的建築物依然氣派到令人忍不住嘆息，總覺得傻傻站在這裡看著大門的我顯得格格不入。

這裡是安乃婆婆家門口。

是說，我怎麼會來這裡？我正在想最近都沒看見安乃婆婆，不知道她怎麼樣了，結果就不知不覺來到這裡。不過，我並沒有打算闖進去。真的。畢竟我們沒有熟到覺得有點在意就跑到對方家裡的地步。如果是常葉還可以另當別論，但我是真的不熟。

「……」

總之還是先回家吧。在這裡我好像可疑人物。嗯，回家吧。天氣這麼熱，繞去便利商店買個冰再回去好了。

就在我轉身的時候——

「哎呀，是千世小姐嗎？」

聽到聲音後，我直接轉了一圈回頭看。

「啊，果然是妳。」

老宅的門內是之前那位疑似是安乃婆婆女兒的貴婦。她和之前見到的時候一樣，非常優雅而且親切。

「啊，妳、妳好。」

「妳好啊，妳要出門去哪裡嗎？」

「那個，呃……」

「還是妳本來就是要來我們家？」

貴婦並沒有覺得奇怪，而是輕鬆地這樣問。我稍微煩惱了一下，但最後還是點點頭。

「最近安乃婆婆都沒有來神社，所以我擔心她是不是出了什麼事。」

「哎呀，原來是這樣啊。」

貴婦垂下眉毛笑著說「謝謝妳」。

「原來是擔心我母親啊。是啊，她現在連常葉神社都沒辦法去了。」

「對不起，我也想說可能是我太多管閒事了。」

「不會，沒這回事。對了，千世小姐，妳還有時間嗎？不嫌棄的話，我想請妳進來坐一下。」

出乎意料地受到邀請。以前安乃婆婆邀我的時候，我拒絕了。這次本來也沒有預計要來這裡，拒絕也沒關係，但是我拒絕不了，因為貴婦的表情和之前見面的時候不太一樣。

進入如我所料……不對，應該是氣派到超乎預料的宅邸內，我們沿著長廊前進。安乃婆婆就在面對庭院、陽光充足的安靜和室內。

「媽，千世小姐來看妳了喔。」

貴婦一開口，安乃婆婆回頭開心地說「哎呀」。

「千世小姐，妳好，好久不見了。」

「是啊……妳好。」

「千世小姐因為媽最近都沒去常葉神社，擔心媽的狀況所以過來看一看。」

「這樣啊，感謝妳特地跑一趟。」

「不，是我不好意思，突然上門叨擾真是抱歉。」

「沒關係，妳來我很高興。」

我目送說要去買東西的貴婦離開，然後坐在安乃婆婆身邊的椅子上。

我沒有馬上出聲，一方面是因為不知道該怎麼搭話，另一方面是驚訝得說不出話來。

安乃婆婆凝望著充滿陽光、溫暖庭院的側臉，和之前見到的時候差很多。眼窩凹陷、臉頰削瘦，聲音也有點粗糙。感覺好像突然老了幾歲。我想起過世的爺爺生病後也像這樣。

「千世小姐。」

聽到安乃婆婆叫我，便直直地望向面對我的安乃婆婆。安乃婆婆撐起身體，她躺的床發出輕微的嘎吱聲。這個房間從家具到裝飾都走日式風格，唯一不搭的就是這個西式鐵管床。爺爺住院的時候，我也在醫院看過一樣的東西。

「妳嚇了一跳吧？短時間內就瘦了這麼多。讓妳看到我這個樣子，實在很不好意思。」

安乃婆婆用瘦骨嶙峋的手摸了摸自己的臉頰。她的變化大到沒辦法回答「才沒這回事」。不過，她溫柔的表情和我在神社見到她時一樣。

「其實我更早之前就已經身體不好了，但是一直不動的話會繼續惡化，所以盡量在體力好的時候出去走走，結果前幾天終於動不了了。」

「原來是這樣啊，我完全沒看出來安乃婆婆身體不好呢。」

「聽妳這麼說我很高興，我不想讓人覺得我沒精神。」

但是，我已經不行了。安乃婆婆低聲這麼說。

「逞強假裝身體好已經到達極限，接下來就是優哉地等最後一刻了。」

因為她平穩地說得好像在等待黃昏一樣，所以我什麼都說不出口，不自覺地雙手緊握。我完全不知道該說什麼才好、該怎麼辦才好，甚至覺得自己太沒用而差點哭出來。我真的什麼都做不了。

「那個，千世小姐。」

聽到安乃婆婆的聲音，不知不覺低下的頭馬上抬起來。無論我再怎麼沒用，安乃婆婆依然對我露出溫柔的微笑，照亮那張臉的夏日陽光，好像和我剛才感受到的酷熱截然不同，輕柔地溫暖著這個地方。

「我可以問妳一個奇怪的問題嗎？」

「奇怪的問題？」

我歪著頭，安乃婆婆加深了笑容。

「如果是我弄錯，妳就當作老人家胡言亂語笑著忘了吧！」

「好……是什麼事？」

「那個啊，經常出現在常葉神社的漂亮男人……」

「妳是說常葉嗎？」

「啊，他叫做常葉啊。原來如此。」

安乃婆婆輕輕笑著，只有那一瞬間，不可思議地看起來是個和我同年的女孩。

我明明不知道安乃婆婆年輕時的樣子，所以根本無法想像，但總覺得剛才浮現幾十年前安乃婆婆的樣貌。那一定是常葉曾經見過，但我不知道的樣貌。

「那個，千世小姐。」

安乃婆婆再度呼喚我的名字。麥茶裡的冰塊發出清脆的撞擊聲。

「常葉先生是神對吧？」

如果當時我正在喝茶，一定會全都噴出來。

等一下。等等。咦？她剛才說什麼？她是說神嗎？對吧？嗯，她說了。

……安乃婆婆早就知道常葉是神嗎？

應該不可能吧？常葉自己說沒人知道的啊。如果是這樣的話，安乃婆婆的意思應該不是真正的神，而是像神一般的人物。畢竟擅長某件事的人，我們也會用「神」稱呼啊！不過，常葉乍看之下只有長得好看這個優點，又是個喜歡散步的尼特族，會有人這樣稱呼他嗎……不對，我覺得不可能。也就是說，安乃婆婆是真的發現了？

「妳為什麼會知道？常葉是……那個。」

「哎呀，果然是這樣。那位就是常葉神社的神哪。」

和我嘶啞的聲音相反，安乃婆婆略顯粗糙的聲音顯得很興奮。她對著目瞪口呆的我繼續說：

「雖然我是最近才經常看到他，還能夠親近地聊天，不過我更早以前就見過他了。他和當時一樣漂亮，而且總是待在神社，所以我才想到那個人應該就是神。」

「原、原來如此。」

原來如此。不過他竟然從以前就在人類面前現身，到底是有多蠢？真令人頭痛耶。這樣當然會被發現有問題啊。幾十年都沒有變化，就這樣出現在人類面前，一個不小心還會變成這個小鎮的七大不可思議耶。常葉一定沒有想到大家會覺得他可疑。因為這位神明神經有點大條。

「千世小姐……該不會也是神吧？」

「不，怎麼可能！我是非常普通的女高中生！」

「這樣啊。不過千世小姐也知道，那位先生是神的事呢。」

「是、是啊。那個，我剛開始很懷疑，不過發生了很多讓我不得不相信的事，就變成這樣了。」

「呵呵，感覺很有趣呢。」

「呃……對我來說一點也不有趣就是了。」

這應該是我史上最慘的跑腿生活開端，也是打雜業務的起始點。不過，要是把這些都說出來一定會被安乃婆婆笑，所以我決定藏在心裡。

時間緩緩流逝，外面傳來蟬聲。這裡雖然沒有冷氣，但不可思議地並不覺得悶熱。

安乃婆婆家的庭院裡有長得很高的向日葵。寬廣的花圃都種著向日葵，從和室望過去是一片深綠搭配清爽的顏色。不過，花還沒有完全盛開。應該再過幾天大朵花就會盛開，然後完全朝向太陽吧。

安乃婆婆望著庭院裡的向日葵。她平穩的表情，就像凝望著身邊非常重要的人一樣。

「我啊。」
她的眼神緩緩朝向我。
「以前曾經向常葉大人許過一次願喔。」
「許願……」
「對呀，許願。常葉大人實現了我非常重要的願望喔。」
「我聽說過這件事。常葉說他只幫安乃婆婆實現過一個願望。安乃婆婆也只有向常葉許過一次願對吧。」
那唯一一個願望就是她終生的夢想。在漫長的人生道路上，持續成為指標的夢想。
「哎呀，神還記得那麼久以前的事啊？」
「他說得好像才剛發生呢。或許對身為神的常葉來說，那真的是最近發生的事也說不定。」
「說得也是。不過，那對我來說是足以長出滿臉皺紋的漫長時間。」
安乃婆婆平穩地吐出一口氣，將視線移到房中的一個角落。我順著視線看過去，矮櫃上陳列著兩張照片。一邊是表情溫柔的大叔的彩色照片，另一邊是年輕男性的老舊黑白照片。
「那是？」
「雖然落差很大，不過兩張都是我先生的照片喔。」

「您的先生嗎？」

應該是很久以前的照片了，舊的那一張已經變成咖啡色。在褪色褪到已經看不清楚的小小四角形中，有一個剃著短髮、表情凜然的男子。

「哇啊，是個帥哥耶。」

「哎呀，被千世這麼可愛的女孩子稱讚，我先生要是聽到一定很開心。」

「旁邊是最近的照片嗎？果然還是有年輕時的樣子。是個很出色的人呢。」

「呵呵，是這樣嗎？」

啊，好可愛。對長輩說這種話好像很失禮，不過看到安乃婆婆我就覺得可愛。她笑起來有點靦腆。光看這個表情就知道，她一定很愛她的丈夫。

「我很羨慕婆婆有這麼棒的老公。」

「謝謝妳。不過，我先生五年前就過世了。」

「啊……這樣啊。」

「嗯。不過，我沒事。雖然覺得難過又寂寞，但是我們已經一起走過漫長歲月，長到什麼時候分開都不覺得惋惜。我會把過去的每一天都當成標記，走完接下來的路。」

那些話應該不是在逞強。安乃婆婆的表情告訴我，她是真心這麼想。就算只剩下自己活著，也絕對不孤單，接下來的路仍然明亮。

「我和我先生是青梅竹馬。家住附近，年齡也只差兩歲，彼此就像家人一樣。」

安乃婆婆閉上眼睛。雖然不知道能看到什麼，但我一直凝望她長滿皺紋的蒼白眼皮。

「那是我們結婚前的事。當時我和千世差不多大，我先生背負重要的任務前往戰場。」

「戰爭……」

「那時候已經有無數人死在戰場上。我後來才知道，先生赴戰場的時候，日本已經處於絕對劣勢，再打下去一定會輸。」

輕輕吐氣之後，安乃婆婆有點痛苦地咳了咳。

「雖然已經做好心理準備，但那也只是說給自己聽而已，我其實根本就沒有準備好。我只希望那個人可以馬上回來，根本無法想像他會死。但是那個年代為國捐軀是榮譽，所以我不能大聲說出自己真正的想法。現在想想那真的很奇怪，珍惜自己和所愛的人的生命明明就是很正常的事。」

她深吸一口氣，然後微微張開眼睛，凝望著遠處。

掛在緣廊一隅的風鈴，發出清脆的聲音。

「所以我啊，只好偷偷把這些不能告訴別人的話，說給神聽。」

「那就是妳向常葉許的唯一一個願望嗎？」

「是啊。因為我聽說那座神社的神，專門幫人們實現願望。」

「妳祈求丈夫能平安歸來嗎？」

「不，那倒不是。」

安乃婆婆緩緩交握的雙手瘦骨嶙峋而且充滿皺紋，和我的手完全不同，所以我完全無法想像她以前年輕美麗的時候。然而，過去曾經有一個瞬間，造就了現在的安乃婆婆。很久很久以前，我不認識的安乃婆婆對神誠心祈求的願望，成為她漫長人生道路上非常重要的指標。

「我祈求『和那個人天長地久』。我沒有其他的願望，只求人生的道路上能和他長相左右。不是短短一瞬間，而是連當初怎麼認識都忘記般地長長久久。」

「那就是安乃婆婆的夢想對吧？」

「仔細想想，那根本不可能實現。因為他背負著無法生還的任務。但是，真的發生了奇蹟，我先生活了下來，而且戰爭結束後也回到我身邊。」

聽著安乃婆婆的聲音，我再度望向那兩張照片。五年前過世的丈夫——直到五年前過世為止，都和安乃婆婆相伴的人。

「我們之後結婚生子，相伴到彼此都滿臉皺紋。他過世的時候，我當然覺得寂寞又悲傷，但是也很感謝那些幸福的日子。我很感謝我先生，還有幫我實現願望的常葉大人。」

我把視線轉向庭院。花圃裡種的向日葵還會長大，現在正一點一點地朝著太陽的方向成長。

「那是我先生過世之後才種的。向日葵長得很高大，還會追著太陽對吧？因為我先生比我還怕寂寞，所以我想告訴他我會在這裡看著你，就當作是從天上看下來時的標記。」

不知道是不是說得太久，安乃婆婆呼吸時看起來有點痛苦，但是表情仍然安穩。

不知道為什麼，我覺得很想哭。我感覺好心痛，好想吶喊並抓住她瘦弱的手臂。一定是因為我感受到安乃婆婆快要消失了——她即將變得透明，消失到遠方、到我不知道的地方。

「千世小姐，我現在的願望就是和我先生一起走。」

她溫柔的聲音，讓我咬緊嘴唇。

這樣啊。安乃婆婆再過一會兒，真的就要前往我不知道的地方了。這是我伸出手也無法改變的事實，而且就算我伸出手，安乃婆婆也不會抓住我吧。因為她已經知道這條路的終點和目的地了。

「千世小姐有夢想嗎？」

「……咦？」

「千世小姐也有很重要的夢想嗎？就像我對常葉大人許的願一樣。」

我稍微想了一下，然後搖搖頭。但是安乃婆婆沒有像常葉之前那樣，出現失禮的反應，只是喃喃地說：「這樣啊……」

「千世小姐還在尋找自己的夢想呢。」

「我真的很丟臉。聽到安乃婆婆在我這個年紀就已經擁有決定一生的夢想，覺得自己更丟臉了。」

「現在和以前不一樣啊。千世小姐還可以自由自在地慢慢決定未來。」

「可是，常葉也要我擁有夢想，我思前想後也沒有找到自己的夢想。畢竟我根本就沒有擅長或喜歡的事情。」

「那千世小姐五年後、十年後想成為什麼樣的人？」

我抬起不知不覺間低下的頭。安乃婆婆露出微笑，彷彿早就等著我望向她。

「這並不難。不需要思考自己能做什麼、該做什麼，最重要的只有一點。」

「哪一點？」

「妳想成為什麼樣的人。」

此時，我心裡好像有什麼滾動了一下。

那是一個很小的碎片。某種東西的碎片。我發現一個還很透明、沒有顏色，只是剛成形的某種東西。

「還不明確、很渺小、別人看不起也無所謂。只要是自己心裡覺得特別，就一定會從那裡衍生出好幾個大夢想。」

我突然想起紗彌說的話，又想起難吃章魚燒店大叔的願望。接著，想起「想看到大家的笑容」那個非常渺小的夢想泉源，還有安乃婆婆向常葉許的唯一一個重要的願望。

一開始的某個想法會在自己選擇的路上成為指標，而且一直存在。在漫長的人生道路上，即便迷失幾次，只要回頭就一定能看見那個指標。那會成為人生的支柱，令人可以重新再出發。

「……常葉也說過一樣的話。就算渺小、模糊也無所謂，只要是自己心裡堅定不移的東西就好。」

「是啊。」

「我發現自己以前一開始就會放棄，所以甚至不曾徹底迷失過。現在雖然還什麼都找不到，但是心裡有了想找到夢想的念頭……」

從我心虛的語尾，就能發現我沒什麼自信。安乃婆婆噗哧了一聲，接著輕輕地笑了起來。

「那就沒問題了，妳一定能找到夢想。而且千世小姐身邊有夢想之神啊！」

「……那尊神只會給我小魚乾而已。」

「哎呀，那是什麼啊？為什麼是小魚乾？」

「那是一件非常無聊的事，不用在意！」

「呵呵，好像很有趣呢。」

一點也不有趣啊。儘管如此，我還是沒辦法回嘴，只能笑著回應看起來很開心的安乃婆婆。雖然一提到常葉，我滿腦子都是他的壞話，但是我希望至少在安乃婆婆心中，他仍然是很棒的神。因為對安乃婆婆來說，常葉一定是幫她實現重要願望、非常特別的神。

「我啊，只擔心一件事。」

安乃婆婆突然說了這麼一句話。

「我很擔心常葉神社。現在這個年代已經沒有人會去神社參拜，如果連我都沒辦法去的話，應該會更淒涼。妳看，常葉大人最近經常現身，一定是因為想和人們多聊天吧？」

安乃婆婆這麼一說，我想起常葉在空無一人的神社，自己一個人坐著眺望天空的樣子。我走上階梯穿過鳥居向他打招呼的時候，他總是笑著說「等妳很久了」。有時候也會坐在樓梯最下面一階，呆呆地看著空無一物的商店街後巷邊吃冰，還會親切地和偶爾路過的附近居民打招呼。那些不經意的光景，令人不禁懷疑這傢伙真的是神嗎？

「常葉大概很喜歡人類吧。」

「是啊。我也這麼認為。」

有點怕孤單、喜歡多管閒事的他，一定很喜歡人類和這個城鎮，所以才會出現在我面前。

「千世小姐。」

「是。」我回答。風鈴又發出清脆的聲音。

「雖然之前一直很掛心，不過現在已經不需要我擔心了。有妳在，真是太好了。」

「……是。」

我沒辦法機靈地回應，也沒辦法要她別這麼說。應該要對她說「包在我身上」或者「您還很健康」之類的話，但我實在說不出口，不過安乃婆婆仍然一臉滿足地微笑著。

我又再度毫無意義地回答一樣的話，安乃婆婆便露出彷彿向日葵般的表情。

「千世小姐，請妳一定要找到美好的夢想。」

當時蟬聲離我們很近。因為這樣所以聽得有點吃力，但我確實聽到了。

「妳一定會變成很棒的大人。」

她的確是這麼說的。

第六章 · 一直閃耀

安乃婆婆在七月底過世。

那天大和剛好通知我，他們學校確定要晉級甲子園的消息。真的離我上次去拜訪安乃婆婆沒有多久。大和打電話來告訴我地區大賽的結果，我告訴爸媽和紗彌之後，大家都很高興。

她去世幾天後，我才得知。常葉已經好幾天沒有現身，雖然很火大，但我已經習慣每天去神社一趟，所以那天也認真地前往神社。途中偶然經過安乃婆婆家門口，巧遇安乃婆婆的女兒，才知道前幾天是安乃婆婆的葬禮。

「那個，千世小姐，九月份的時候，妳能不能來我們家玩？」

她雖然看起來有點憔悴，但仍掛著笑容這麼說。

「我媽說想把家裡的向日葵種子分給妳。如果千世小姐不嫌棄的話，請來我家拿種子。」

我點點頭，貴婦顯得很開心。

我踩著比平常緩慢的腳步，走向常葉所在的神社。走上石梯穿過鳥居後，看到常葉坐在神社裡。明明已經三天沒見，常葉還是像平常那樣優哉地說：「妳好慢喔！」

「我就是慢慢走來的啊，想說反正今天神也不在家。」

「抱歉，我也是有很多苦衷的。」

「是喔，我是無所謂啦！」

我在常葉身邊坐下，把手伸進我帶來的購物袋裡。

「甜饅頭嗎？」

「今天是冰。」

「我也喜歡吃冰。」

經典的蘇打口味。價格便宜對錢包沒負擔，而且還有抽中「再來一支」的機會，想出這種活動的人真是天才。因為價格便宜，所以我買了兩支。一支我自己吃，一支給常葉。我們一起打開外袋。

暑假開始之後，天氣又變得更熱了。蟬的數量也增多，變得越來越不舒服了。即便如此，暑假還是令人愉快，我認真覺得如果一年到頭都是暑假就好了。而且我打算忘掉暑假作業直到最後關頭。不過，甲子園的日期倒是不能忘記。畢竟是難得的機會，而且明年開始就要忙著考試，今年夏天一定要盡情留下美好回憶。

我咬了一口冰棒，還是一樣甜。

「常葉，聽說安乃婆婆過世了。」

身邊傳來咬冰棒的喀啦聲。不擅長吃冰棒的常葉，吃得比我慢。

「嗯，對啊。」

「你已經知道了？」

「嗯，我知道。」

神社境內依然安靜。好像只有這裡的時間凍結似地，外界的聲音都進不來。
「我之前去見過安乃婆婆了。」
我舔了一口融化的冰棒。同一時間，常葉也做了同樣的事。
「她告訴我以前常葉幫她實現的願望。」
「這樣啊。」
「安乃婆婆還告訴我她現在的願望喔。」
我吃完整支冰的時候，常葉還剩一半。剩下一半的時候更難吃得乾淨。常葉經常吃到讓剩下的一半掉在地上。
「今天不要再掉了。」
「放心吧。」
常葉慎重地咬著冰棒。「咦？」他歪著頭。
「千世，好像有寫什麼耶。」
「什麼？」
我一看，發現常葉的冰棒棍上出現再來一支的「再」。真的假的？
「等等，這是中獎了啊！常葉，你中了。」
「中了？那就糟了。意思是我等一下會拉肚子嗎？真恐怖，這什麼詛咒？」
「不是中毒的中啦。你拿這支冰棒棍去店裡，就可以免費再拿一支。」
「好厲害喔，但是這樣就得擔心店家了。」

他總算吃完最後一口，留下完整的木棍。常葉興致勃勃地看著「再來一支」四個字，然後把冰棒棍收進我手上的外袋。

「要珍惜地吃，這是我抽到的、寶貴的『再來一支』。」

「啊，嗯。」

我還以為他會說「那就趕快再拿一支來給我」，結果他的反應和我想得不一樣，有點令人吃驚。我覺得很奇怪，但是看著他的側臉，又像平常一樣若無其事，看不出他的情緒。

不知道在想什麼、總是到處閒晃、昨天前天都無故曠職但喜歡人類的神。

「很傷心嗎？」

琥珀色的眼睛看著我。「什麼？」常葉輕聲說。

「安乃婆婆過世，你很傷心嗎？」

「不會啊。」

「你不傷心？」

「我對死亡的概念和人類不同，我並不覺得死亡是一件悲傷的事。」

「那會覺得寂寞嗎？」

剛才很快就回答，這次卻隔了一段時間。常葉的表情還是沒變，他沉默了一下才說：「會啊。

「我經歷過無數次的離別。明明經歷過好多次，卻一直不習慣。一顆心變得恍惚，感覺動不了。」
和頭髮一樣呈現銀色的睫毛，沒有朝向天空而是朝向腳邊。看他這個樣子，我心想：原來是這樣啊！平時讓人摸不著頭緒的神明，現在和我有一樣的心情——他也覺得寂寞。
「常葉，我前一陣子在車站前請人幫我看手相，那個人說了好多缺點，但是唯一的優點就是我會很長壽。」
「是喔。」
「我應該很久以後才會死，所以沒問題的。」
不過，早晚還是會死就是了。我低聲加了這一句，目瞪口呆的常葉噗哧一聲笑了出來，摸了好幾次我的頭。
「好了，既然千世帶工作上門，那就久違地上工吧！」
「工作？」
常葉站起來，把手指放在我的額頭上。
「千世不是來告訴我，安乃最後的願望嗎？」
「啊……」
觸碰額頭的指尖發出光芒，出現顏色非常柔和的光球。光球離開我的額頭，輕飄飄地浮在常葉向上翻的手掌上。
「人明明已經死了，為什麼還會有這個光球呢？」

「人死不代表想法會消失。只要妳還記得，安乃就會一直存在。」

背對我的常葉，雙手放在胸前。他微微低著頭就像人們在對神祈禱的樣子，然後緩緩地望向天空。

「安乃，妳的願望，我聽到了。」

手掌上的光芒，輕輕地飄了起來。那顆光球在鮮豔的夏季藍天，畫出一道煙火般的彩色亮光，最後融入天空消失不見。

安乃婆婆的願望，是否已經實現了呢？雖然現在已經沒辦法確認，但我決定相信她的願望已經實現。

「再見。」

我把沒能說出口的話交給光球，傳達到天上。

我一個人走在從神社回家的路上。現在日照時間長，下午四點感覺還不像傍晚。城鎮的樣貌一如往常。開始放暑假後，小學生從早到晚都在這一帶玩。

穿過商店街的後巷，還要再過一條河才會抵達我家那片新興住宅區。河川的兩岸有河堤，經常有老爺爺帶著狗在那裡散步，也有年輕的姊姊會在河邊慢跑。

剛來這裡的時候我經常在過橋前停下腳步眺望河川，但現在總是習以為常地走過——我之所以停下腳步，是因為橋前站了一個出乎意料的人。

「大和？」

我一喊，靠著欄杆望河的人便轉過頭來。短頭髮加上曬黑的臉。不知不覺間就長得比我高很多的他，比我們最後一次見面時又長高了一點。即便如此，這個半年沒見的青梅竹馬，還是和以前一樣。

「……千世。」

熟悉的聲音呼喚著我。大和用和我一樣驚訝的表情看過來。

「等一下，大和，你怎麼在這裡？要來的話也先聯絡一下啊！」

「抱歉。我剛到，現在正想聯絡妳。」

「嚇我一跳。怎麼了？有什麼事嗎？」

「嗯，就是……突然想見妳。」

「什麼？原來你有這麼愛我喔？」

我這樣一說，他的撲克臉變得稍微柔和了一點。我傻眼地嘆了口氣，然後在大和的背上拍了一掌。

「總之我現在才要回家，先到我家去吧！這裡好熱。」

「嗯。」

「是說，你不知道我新家在哪裡吧？」

「所以只到附近就不知道路了，正在想要怎麼辦。」

「你是笨蛋嗎？下次要來先聯絡我啦！」

我邁開腳步，大和便從後面跟上來。我們步伐明明不同，但大和總是會配合我的腳步慢慢走。

他是第一次來這個小鎮。這裡雖然離以前住的地方不遠，但也不是輕輕鬆鬆就能到。反正用電話就能馬上聯絡，所以也不曾想過要刻意見面。我記得剛搬過來的時候，大和的爸媽曾經來家裡玩，但大和從入學前就開始參加高中棒球隊的練習，所以沒時間過來，之後也一直這樣。大和跟我不一樣，總是很忙。

「對了。大和，恭喜你晉級甲子園。」

我想起沒有直接恭喜過他，所以回頭這樣說。大和停了一拍才回答：「嗯，謝謝妳。」

「你不去參加社團活動沒問題嗎？甲子園已經快開始了對吧？」

「我一直都有持續練習，現在是大賽前的充電時間。」

「是喔，還有這種時間啊？那你回你家不就好了。大和的學校要住宿對吧？應該沒什麼時間回家不是嗎？」

「我家隨時都能回去啊。」

「是這樣嗎？欸，我說你啊，手是受傷了嗎？」

大和的表情還是沒變，他用左手摸了摸右手。我看到他的時候就注意到了，從右手拇指到整個手掌都纏著繃帶。

「啊，只是看起來誇張而已，沒什麼啦。因為預賽一直投球，所以要讓手休息。」

「是喔，不要太勉強喔。我爸說過，高中棒球的投手經常投太多球導致受傷。」

「沒問題，我一直都很小心。」

既然大和這樣說，應該就表示真的沒事。從小就一直投球的大和，的確從以前就很注意棒球的運動傷害。

不過，令我在意的是大和明明是左投，但繃帶包的是右手。是說棒球雙手都會用到，而且負責投球的手看起來沒事，應該可以放心了。而且喜歡高中棒球的紗彌說過，運動多少都會伴隨一些運動傷害。

「等一下，騙人，這不是大和嗎？」

一回到家，發現大和的媽媽就發出宛如遇到偶像般的尖叫聲。

「好久沒看到你了，比國中的時候長高很多耶，而且比以前更帥了！」

「阿姨，好久不見。」

「真是的，千世，大和要來家裡妳怎麼不說，這樣我才可以提早去買好吃的點心啊。」

「我也不知道啊，剛才在附近遇到的。」

脫下涼鞋後，我先走進客廳。我啃著桌上的煎餅，順便把冷氣調降一度。

「大和會在這裡待到什麼時候？」

和大和一起來到客廳的媽媽這樣問。

「……我打算馬上回去，只是來見個面而已。」
「哎呀，練習一定很忙吧？畢竟已經晉級甲子園了。」
「他說現在是休息時間。」
我幫他回答之後，大和瞄了我一眼，媽媽的表情突然變得很開朗。
「那就是有時間囉。既然這樣就留下來吃晚飯，反正爸爸也快回來了。」
「但是這樣很不好意思。我突然跑來，還留下來吃飯。」
「說什麼見外的話。大和是自己人，不要那麼客氣。」
媽媽瞬間就走向廚房，留下大和一臉困惑地看著我。
「你看我也沒用。我爸媽最喜歡你了，應該在你吃完飯之前都不會放人。」
「那……嗯，我就恭敬不如從命。」
「這樣比較好。」
大和依然一臉困惑，尷尬地笑著在我對面坐下。問他要不要吃盤子裡的煎餅，他用左手拿了一塊，開始啃了起來。
過沒多久爸爸就回來了。四個人一起吃了比平常稍微豪華一點的晚餐。小時候我們兩家經常這麼做，但現在和大和一起吃飯總覺得有點奇怪。
坐在大和旁邊的爸爸一直和他聊天，聊到幾乎忘記吃飯，不知道是不是因為這樣，他似乎都沒有吃到什麼菜。對話的內容主要都是在誇大和。爸爸興奮地說「今年的甲子園我們都會去幫你加油」，大和微笑著點頭，我一邊往嘴裡塞冷涮鍋的菜一邊看著這一幕。

我剛才就已經料到，大和會在我們家住一晚。吃完晚飯時，天色已經完全暗了。雞婆的媽媽說怎麼能讓別人的寶貝兒子在這種時候一個人回家，軟硬兼施地留下大和。我本來以為大和一定會拒絕，結果他出乎意料地答應（雖然不是很情願），真的讓我很吃驚。不過他本人都答應了，我也沒有什麼好抱怨。我穿著T恤和運動服在自己的房間裡滾來滾去，等著在一樓被爸爸纏上的大和解脫。

聽到上樓的腳步聲我還以為是大和，結果開門的是媽媽。她抱著大和用的墊被和毛巾毯。

「大和現在在洗澡，馬上就過來了。」

「媽，大和真的可以住我們家嗎？宿舍不用申請外宿嗎？」

「沒問題啦。剛才大和的媽媽有和我聯絡，我已經跟她說大和要住我們家。學校那裡也沒問題。」

「是喔，沒問題就好。」

「千世，妳啊，無論什麼時候都要在大和身邊支持他喔！」

媽媽收起摺疊式的桌子，在狹窄的房間裡鋪棉被並放好薄毛巾毯。

「妳在說什麼啊。大和沒有我支持也沒問題啦。」

「哪有這回事。比起別人說的話，大和應該最重視妳的支持喔。」

我含糊地點頭，媽媽一臉滿足地走出房間。我躺在床上看著熟悉的天花板。

接近深夜，大和才終於走上二樓。他穿著爸爸的休閒服當作睡衣，尺寸不合看起來很緊。

「辛苦你了。」

「啊……不，我不覺得辛苦啊。」

「我爸平常沒有聊天的對象，所以他一定拚命講對吧？」

「是啊。叔叔和阿姨都沒有變呢。」

明明才剛洗完澡，大和的短髮卻已經全乾了。真羨慕，我也來剃一次光頭好了。

「話說回來，我要睡這裡嗎？被子都鋪好了。」

「好像是。剛才我媽鋪的。」

「沒關係嗎？」

一般來說當然有關係啊。沒有在交往的男女高中生睡在同一個房間裡耶。

「沒關係吧？我們以前也常一起睡啊。」

其實我是覺得無所謂啦。其他男生不行，但畢竟是大和啊。他就像家人一樣。

「一起睡已經是小時候的事了吧。」

「大和不想的話就換地方啊，反正還有空房間。」

「我沒有不想。」

大和慢吞吞地鑽進自己的被窩。他從以前就是不太會耍任性的小孩。

「在千世的媽媽心中，我大概從小學之後就沒有繼續長大了。」

「爸媽就是這樣啊。」

「是這樣嗎？」

「欸，我睏了，可以關燈了嗎？」

「嗯，可以。」

我躺在床上拉了兩次用棉繩延長的電燈開關，這樣還不會全暗。因為我會一直開著小燈泡，所以房間裡還可以看到模糊的輪廓。我側躺並隨便盯著房間的一隅。雖然很睏，但總覺得睡不著。

「……」

我靠在床緣往下看，大和仰躺著，睡姿很端正。他應該還沒睡著，但眼睛已經閉上。聽不到他的呼吸聲，看起來就好像已經死掉一樣。話說回來，這傢伙從小就睡相好到真的像死掉一樣。

「欸，大和。」

我叫他，他眼睛也沒有睜開，但是簡短地回了「嗯」。我在微弱的燈光中，俯瞰青梅竹馬好友的臉。

「你是不是出了什麼事？」

我覺得很奇怪。我知道這傢伙絕對不會因為「想見我」這種浪漫的理由就跑來家裡。而且，我總覺得他為數不多的表情中，有著和平常不同的東西，應該不可能真的沒事。或許我們已經不常見面，但還不至於疏遠到沒辦法發現這種細微的不對勁。大和來找我，一定有明確的原因。

「……」

大和慢慢張開眼睛。但是他沒有看著我，只是微微動了動嘴唇。

「沒有啊，沒什麼。」

「沒什麼就好。」

我這樣說，大和便簡短地回了「嗯」，然後翻身繼續睡。我用指尖摸了摸面對我的頭。比光頭還長一點的短髮比我想像的還要柔軟，我想起這傢伙的頭髮像貓毛一樣柔順。我的頭髮粗硬，所以很羨慕像女孩子一樣柔順的頭髮，很多次都因為太生氣而拔他頭髮。

「不准拉喔。」

「嗯。」

我這個青梅竹馬擁有很多我沒有的東西。我一直在後面追，但是他一直往前衝，所以我從來沒追上過，後來我就放棄了。我根本沒辦法站在他身邊，總是從遠處看著。大和看起來很高大，實際上也比我高大很多，但其實他的背影很瘦小。

「大和，明天你沒有要馬上走吧？」

我用力壓了髮旋處，不知道是不是覺得不舒服，圓圓的頭動了一下。

「……應該吧。」

「那你陪我去一個地方。」

「好啊，要去哪裡？」
「嗯，我現在在做志工。」
「是喔，妳嗎？做什麼志工？」
「當神的助手。」
大和回頭看我。這次視線有確實相對。
「那是什麼？千世，妳該不會加入什麼奇怪的邪教團體吧？」
「不是啦。呃，就是打掃神社之類的。」
「啊，是喔。那我就放心了。」
「我可沒做什麼會讓你擔心的事。」
「不過妳從小就經常做一些出人意表的事啊。」
「才沒有咧。」
「妳還真敢講。」
我打了哈欠，大和也跟著打起哈欠。他把毛巾毯拉到下巴，翻身繼續睡。
「晚安——」
「晚安。」
我慢慢閉上眼睛。被黑暗包圍之後，很快就進入睡眠。
在開始作夢之前，我感覺好像模模糊糊地聽到大和的聲音。還沒聽清楚他說了什麼，我就失去意識了。

我家和大和家都只有一個小孩，所以隔壁的青梅竹馬從以前就是離自己最近的玩伴。我們的父母也都很熟，在我們懂事之前兩家就已經交好，幾乎像兄妹一樣一起長大。上小學時彼此和同性朋友一起玩的機會變多，而且大和又加入少棒隊，所以不能經常玩在一起，但我們也沒有因此疏遠。假日會到對方家玩，不懂棒球的我也會勉強和大和一起練傳接球，我們依然是獨一無二的青梅竹馬，而且非常了解彼此。

大和小學一年級的時候受到喜歡棒球的爸爸影響，開始參加少棒隊。他並沒有因為年紀還小就表現不好，大和的棒球才能從那個時候就已經爆發，面對體型比自己大一號甚至大兩號的高年級生都毫不畏懼，而且還能打贏，完全就是受棒球之神眷顧的超級明星。

不過，大和的棒球實力並非來自天生的才能。雖然是在爸爸的推薦下才開始的，但大和真的很喜歡打棒球。他隨時隨地都在想棒球的事，比任何人都熱中而且開心地投入練習，而我就在他身邊見證了一切。

個性穩重的大和，平時不太會彰顯自己。如果和我吵架，通常都是大和認輸，配合我任性的要求，但只有棒球例外，提到棒球我只能心不甘情不願地聽他的話。

「又要練傳接球？我已經玩膩了耶。」

「我覺得不夠。因為今天練習時間太短了。」

發現大和少棒隊練習結束已經回到家，閒著沒事的我就會跑去大和家玩，但他常常突然丟棒球手套給我，說要去公園。我連棒球的規則都不太清楚，所以沒什麼興趣，比起練傳接球我更想玩遊戲，但這種時候大和總是很堅持，只能陪他練到滿意為止。

「千世最近有進步呢。」

「畢竟我陪大和練習那麼多次啊！」

「千世也可以加入棒球隊啊！之前比賽的學校也有女生當選手喔。」

「才不要。我對棒球沒興趣。而且，我之前聽阿姨說你打算換球隊。」

「啊，嗯。其實也不能說是換球隊，我是打算去少年棒球聯盟。我雖然喜歡現在的隊伍，但訓練還是太鬆散，教練說我繼續留在這裡很可惜。」

大和小學四年級的時候從少棒隊換去少年棒球聯盟。那是在我們這一區屈指可數的名隊，和少棒隊不一樣，集結了很多和大和實力相當的強大選手。不過，很多孩子因為練習太嚴格而退出，現在想想大和從未喊累，而且還每天開心地練習，果然異於常人。

「大和，你以後要當職棒選手嗎？」

我和大和在午後的公園一邊練傳接球一邊聊天，那已經是大和加入少年棒球聯盟之前的事了。

「當然啊。為什麼問這個？」

「又不是隨隨便便就能當職棒選手。你爸雖然經常要你當職棒選手，但他自己棒球打得不好，所以沒當成職棒選手不是嗎？應該大部分的人都這樣吧。」

「好像是。不過啊，我和老爸不一樣。啊，這句話別告訴我爸，他會很受打擊。」

「嗯，他如果哭的話會很麻煩，所以我不會說。」

「我會成為職棒選手的。我已經決定好了。我知道不是誰都能成為職棒選手，但很不可思議的是，我覺得自己有希望，總覺得成為職棒選手是一件理所當然的事。」

「理所當然？你還真有自信。」

「嗯。不過，的確是這樣沒錯。我想不到未來還有什麼別的可能，除此之外也沒有別的夢想。千世，我一定會實現這個夢想。」

從那個時候開始，大和就漸漸長得比我還高了。明明那個時期女生發育的速度比男生快，大和卻比我更早長大。看著那樣的青梅竹馬，我投回接到的球，堅定地相信大和一定會實現他的願望。我知道這絕非易事。喜歡棒球的孩子裡，能實現職棒選手夢的人寥寥可數。不過，我覺得如果是大和的話一定能做到。大和說的話絕對不是癡人說夢，而是某天一定會實現的未來。

「我職棒生涯的第一顆勝利球，一定送給妳。」

我的青梅竹馬，總是散發著強烈的光芒令人無法直視，而我總是在原地看著他漸漸走遠的身影。雖然我覺得就算他漸漸走遠，大和仍然是大和，但我也明白，我們兩個人已經無法再並肩而行了。

迎面飛來的白球，在手套裡發出清脆的撞擊聲。

◇◆◇

「這一帶好安靜啊。」

「對面有商店街，但這裡就幾乎沒有人了。」

下午一點。吃完中餐之後，我帶著大和離開家。在最熱的時候出門真是失策，本來預計早上就要出門，但因為我睡過頭打亂了計畫，這也是沒辦法的事。

「這種地方會有神社嗎？」

「我也是最近才發現的。」

走在商店街後面無人的狹窄巷弄，漸漸可以看見灌木叢中連著高臺的石梯。登上石梯後，就能抵達可以俯瞰這個城鎮的老舊神社。周圍鮮豔的翠綠和大紅色的鳥居、白色的碎石，還有藍天。美麗的神今天仍然優哉地坐在巨大樟樹前的神社裡。

「常葉。」

應該在我們露臉前，常葉就已經發現了。他用若無其事到令人火大的笑容迎接我們。

「好慢啊，千世。已經過中午了耶。」

「一點也不慢，超早的好嗎？」

「那傢伙是誰？」

「嗯？」

常葉的視線停在我身邊。站在我身邊的大和半帶敵意地瞪著常葉。

「他是大和，我的青梅竹馬。大和，這個人叫做常葉，呃，是這座神社的人。」

「喔，你就是傳說中的大和啊！」

雖然是不是傳說我不知道，但常葉看起來很高興見到大和。相對地，大和的表情顯然很訝異，而且打從心底覺得常葉很可疑。

「那什麼怪人……真的是神社的人嗎？他頭髮是銀色的耶。」

「這、這個，看起來的確是很可疑，不過他真的是這裡的人。」

「真的嗎？千世，妳認識那個人嗎？沒問題嗎？」

「沒、沒問題沒問題，他應該人畜無害。」

「是喔。」

我當然沒說被常葉詛咒的事，總之先拉著手臂把不情願的大和帶到屋簷下。

我已經坐下，但大和還呆站在階梯下，就像看門犬一樣，戒備著常葉會不會做奇怪的事。

常葉還是老樣子，全然不知自己被當成可疑人物，笑笑地盯著大和看。接著他露出少見的爽朗笑容說出「你果然擁有很棒的東西」這種話，導致大和更加疑心。

「大和啊，快來這裡坐。你那裡會曬到太陽，很熱吧？這裡一直都有遮蔭所以很涼爽喔。千世，妳過去一點啦！」

「你才要過去一點。」

就在常葉用屁股推我，而我死守陰涼處的時候，大和勉為其難地在常葉身邊坐下。不過，可能是因為還不能完全放心，所以仍保持一段距離。常葉坐在正中間，兩旁是我和大和。

常葉好像心情很不錯。應該不是在我們來之前遇到什麼好事，而是他非常喜歡大和。不過，大和還是一樣，近距離仔細觀察著常葉。

「那個，剛才千世說你是這座神社的人，你是這裡的神官嗎？」

「嗯？不，我是……啊，對啦，差不多就是那種感覺。」

我在大和看不到的地方用力捏了常葉的手。喂喂，不准給我說多餘的話喔！

「好痛啊，千世，妳這是幹什麼？」

「你絕對不能跟大和說一些奇怪的話！」

「奇怪的話是指什麼？」

我們悄悄說話時，大和皺著眉頭看過來，我慌慌張張地笑著帶過。大和看起來很不放心，瞄了一眼常葉，接著又望向我。

「千世，志工要做什麼？」

「做什麼？就是……打掃神社境內，還有幫忙來參拜的人做一些事……」

「做一些事？」

「千世曾經幫忙找過貓，還有幫助快要倒的店。」

「咦？」

「不是！啊，也算是啦！有時候不知不覺就變成那樣了。」

啊哈哈，我愉快地大笑，但背後不斷流著和熱氣一點關係也沒有的汗。就叫你不准給我說多餘的話了！

「……千世為什麼會在這座神社當志工？」

「咦？呃，那是因為……」

「這是為了讓千世了解什麼是夢想。」

常葉出聲回答，而且理所當然地沒發現我的目瞪口呆。

「夢想？」

「這裡是夢想之神的神社啊。沒想到千世竟然說自己沒有夢想，所以要讓千世在這裡工作，直到她了解什麼是夢想為止。」

「千世，是這樣嗎？」

大和懷疑地問我。

「嗯，對啊，算是吧。」

至少我沒說謊。

「不過大和啊，其實我覺得千世真的是個無趣又沒用的傢伙。」

「什麼？」

「但是我很喜歡你喔，大和。真是個好孩子，你擁有非常遠大的夢想。」

我停下準備一巴掌拍向常葉的手。並不是因為我下手前猶豫，而是越過常葉看到大和的表情突然大幅轉變。

他應該不是……因為我舉起的右手感到震驚。大和的眼睛望著常葉，而不是我。

「……遠大的夢想，是在說我嗎？」

「是啊。你懷抱著這個夢想已經很久了。一定從小就有這個夢想吧？這個強大的夢想拉著你筆直前進，堅定地走到今天。」

「……」

「大和，你做得很好。我很喜歡擁有夢想的人類。」

原來如此，難怪他那麼喜歡大和。

大和的夢想，的確比任何人都強大。大和一直很珍視成為職棒選手這個夢想。

有別於那種小孩不可能實現的荒唐願望，大和扎扎實實地一步步為實現夢想而前進。今年也確定會晉級甲子園。他說他的目標是拿下優勝，離遠大的夢想更進一步。大和筆直地走在人生的道路上。

我一直覺得在寬廣的球場裡凝望著前方的大和很遙遠，每次看著他的背影，我都覺得自己好渺小。即便如此，我還是很喜歡看著站在投手丘上的大和。我希望他能筆直前進，永遠不要回頭，就這樣一直走下去。

「大和？」

但是，大和為什麼會露出這種表情呢？

常葉的話為什麼會讓他的表情變得這麼僵硬呢？

「欸，大和，你怎麼了？」

「千世，對不起。」

「說什麼對不起？你怎麼突然說這種話？」

「……對不起。」

「等一下，什麼啦？到底是在對不起什麼？」

「我……」

雖然開了頭，但之後沒有再繼續說下去，他一直抿著嘴唇。

我思索大和到底想說什麼，但終究想不出個所以然。不過，大和露出我從未見過的表情。從不示弱的大和——我認識的那個站在遠處的大和，絕對不會有這種表情。

「大和你怎麼了？沒事吧？」

「……對不起。我先回去了。」

「咦？等等，大和！」

大和站起來，在我還來不及阻止他的時候，就已經跑過參道也下了石梯。因為事發突然，我沒能追出去，呆呆站著把手伸向空無一人的地方。

「什麼？怎麼回事？」

我用嘶啞的聲音自言自語。

大和的臉色鐵青。為什麼大和會突然就變臉了呢？

……不對，不是突然。從昨天開始就有點奇怪了。大和什麼都沒說，所以我也沒有繼續深究，但他從一開始就和平常不太一樣。

但是，他到底發生什麼事？大和為什麼會跑來找我？

一定有什麼原因。大和一定是想來對我說些什麼。雖然他什麼都沒說，但其實是一定有話要告訴我。

那到底是什麼？

大和剛才為什麼突然改變態度？他不是在生氣，很顯然是在逃避。

逃避什麼？什麼重要的事，會讓大和露出那樣的神情？

「欸，常葉，你沒做什麼奇怪的事吧？」

「奇怪的事是指什麼？我只有說說話而已啊。」

「……對吧？就算他覺得你可疑，但除此之外也沒有別的了。」
「是說他怎麼突然走了？多待一下也沒關係啊。」
「不知道啊，我也在想為什麼。」
一定是出事了。我想破頭也不會知道原因，總之只能追上去問本人。
不巧，就在我這麼想的時候，手機鈴聲響徹神社境內。
「千世，電話響了。」
「我知道啦！到底是誰啊？這個時候還打電話來！」
手機顯示紗彌的名字。如果是爸爸的話可以當作沒看到，但既然是紗彌打來就不得不接，於是我按下通話鍵。
「喂？」
「啊，千世？是我，妳現在可以講電話嗎？」
「嗯，怎麼了？」
「什麼怎麼了！千世，妳知道妳青梅竹馬的新聞嗎？」
「大和的？」
電話裡紗彌的語調聽起來很慌張，而且話題還剛好和大和有關。
「什麼？新聞說大和怎麼了？」
「大事不妙。據說神崎同學在地區大賽結束後，就因為練習時發生意外受了重傷。」

「什麼？受重傷？」
「嗯。畢竟他是很知名的選手，所以為了不引起風波而保密了一陣子……不過傳聞說他右手似乎骨折，甚至還動了手術，但應該已經沒辦法繼續當選手了。」
「骨折……手術？」
什麼啊？怎麼回事？
因為受重傷而結束選手生涯……代表以後不能打棒球了嗎？是在說大和嗎？不會吧？
「那些報導是騙人的吧？」
「我也覺得是騙人的，所以才想打電話問妳，有沒有聽到什麼風聲啊！」
「什麼，等等……怎麼可能會……」
我想起大和右手緊纏的繃帶。昨天洗完澡、睡覺時都沒有看他拆下來。是因為不能拆嗎？那就是讓他沒辦法繼續當選手的重傷嗎？
但是我問他的時候，他自己說沒什麼。與其隨便聽出處不明的傳聞，我應該要相信大和。
沒錯，大和說沒問題、沒什麼事。這就是最明確的證據。
……不對，不是這樣。還有更明確的證據。
大和到底為什麼來找我？為什麼他看起來有點奇怪？
剛才彷彿逃避什麼似地離開這裡，是因為常葉說了關於夢想的事——因為常葉提起他剛消失的夢想。

「神崎同學沒有告訴妳什麼消息嗎？」

「沒有。他什麼都沒對我說。對不起。」

「這樣啊……我才要說對不起，突然打給妳。妳一定嚇一跳吧？」

「不會啦，謝謝妳告訴我。」

我掛掉電話，把手機收進口袋。在突然靜下來的地方，呆站了一會兒。所謂的茫然，大概就是這種感覺。

原來如此。大和就是要來告訴我這件事。說他受傷了，已經沒辦法繼續打棒球了。他原本想說，但說不出口，一定是因為自己還不能接受這個事實吧。

怎麼可能接受。雖然沒有夢想的我，終究無法了解對大和來說棒球到底是什麼樣的存在，但一定非常、非常重要。

重要到光是棒球就能照亮漫長的人生道路。

「……那個笨蛋。」

想到這一點，焦躁感就衝上心頭。

我能理解他說不出口。但是，這麼重要的事情卻不說，我還是很想揍人。你為什麼會來找我？不就是因為無處可去嗎？

你明明比任何人都痛苦。明明無法在別人面前哭出來。

卻跟我說沒事。根本就超有事啊！對你來說，這明明就比任何事情都重要。

為什麼不告訴我？
為什麼我沒能早一點發現？
「千世，妳怎麼了？」
我回過神來並轉身一看，發現常葉手肘放在膝蓋，用手掌撐著臉頰望向我。
「常葉，大和他……」
「大和怎麼了？」
「大和他受傷……沒辦法打棒球了。」
說出口之後，發現這句話實在太簡單，簡單到令人覺得荒唐。明明心裡沒辦法這麼簡單就放下。因為充滿太多複雜、難以言喻的東西了。
「這樣啊，原來如此。原來是因為受傷啊。」
常葉重新盤腿，再度用手撐著臉頰。
「……什麼叫做原來如此？」
「我剛剛在想，到底是什麼原因讓大和無法實現夢想。」
我眼睛眨也不眨地看著他搖曳的頭髮。
我覺得腦中有什麼東西在大叫。
「……你早就知道了？」
「嗯？」
「你早就知道大和的夢想不會實現？」

我一問，常葉點了點頭。
「我看一眼就知道，大和前進的道路中斷了。」
「開、開什麼玩笑！」
琥珀色的眼睛往上看，表情完全沒有改變。
我咬著嘴唇，用力握緊雙手。
「你明明知道，卻跟大和說了那種話？」
「那種話是什麼話？」
「說什麼知道他有遠大的夢想、說你喜歡有夢想的人類！你明知道那傢伙已經無法實現夢想了！」
「我沒有說謊。」
喉嚨深處彷彿被噎住似地停止呼吸。我沒有回嘴，不是因為回不了，而是我覺得現在說什麼都沒用了。常葉不會懂。無論常葉對夢想有多了解，他畢竟是神，和我們不一樣。不得不放棄遠大夢想的大和被那句話傷得多深，常葉是不會懂的。
「……欸，常葉，不能想想辦法嗎？」
「想辦法？」
「你是實現夢想的神對吧？那就實現大和的夢想啊！」
額頭上的汗水滲入眼裡。我渾身是汗，脖子黏答答的很不舒服。但我眼前的神沒有流下一滴汗，表情一點也沒變地抬頭望著我。

「算我拜託你，幫他實現吧！棒球是大和很重要的夢想啊！」

「……」

「欸，常葉，拜託你。」

「沒辦法。」

他低聲說。因為他說得太小聲，我以為是我聽錯了，但他確實這麼說。

「大和的夢想沒辦法實現。」

「為什麼……」

「如果還有一點可能性，就還能實現，但是大和的夢想已經完全中斷了。這樣的願望，即便是我也沒辦法幫他實現。」

「再也沒辦法了嗎？」

「嗯，再也沒辦法了。」

常葉明白地這麼說。

我心裡彷彿開了一個洞。好像有什麼東西從體內慢慢流走。我不覺得生氣、悲傷，只知道重要的東西不知道跑去哪裡了。

但是我心裡的洞，只是一個很小的洞。如果這個洞變得更大，到底會怎麼樣呢？擁有的夢想越大，這個洞也會變大，空洞的部分當然也會更大，心裡一定會變得既空虛又混亂。

「……啊啊，可惡！」

我知道就算我去找他也不能改變什麼，但我還是邁開腿奔跑，因為我只能這麼做了。我想不到自己能做什麼，但比起在沒有大和的地方獨自哭泣，還是有所行動比較好，所以一路跑著穿過鮮紅的鳥居。

「大和！」

和昨天一樣，大和一個人靠著欄杆站在橋上。我在離他幾步的地方停下來，聽到我的聲音，他轉過頭來。

「千世，怎麼了？為什麼這麼著急？」

「什麼叫做怎麼了，你這個笨蛋。我是追著你過來的啊！」

「不用妳擔心，我也能自己回到妳家。」

「我才不擔心這種事。那不是重點啦！」

「妳一副快要哭出來的樣子。」

「還不都是你。」

我說不出話，因為我真的快要哭了。但是我絕對不能哭。如果我先哭了，大和一定什麼都說不出口。

我和大和之間的距離，用我的步伐來算到底有幾步呢？以大和的步伐來算的話，應該沒幾步吧？身為青梅竹馬的我們，總是站在彼此的身邊，但其實我們離得很遠。大和頭也不回地筆直往前走，已經離我很遠了。因為我一直看著他越走越遠的背影。但是，現在的大和究竟在哪裡呢？

「欸，你的手受傷了對吧？」

大和的表情有點驚訝，但只是有點而已。

「什麼，被妳發現了啊？對不起，妳是氣我沒告訴妳吧？」

「我才不會為這種事生氣。」

「那就是因為我說謊而生氣。」

「就跟你說我沒生氣了啊！」

「妳就是在生氣啊。只要我有秘密，妳就會這樣大聲吼。」

「……你不告訴我受傷的事、對我說謊都無所謂。」

「那就是在氣我已經沒辦法打棒球。」

大和笑了。真的是很笨拙的笑容。我笑不出來，也沒辦法生氣。

我不知道這種時候應該要有什麼表情。

「欸……這個傷真的嚴重到沒辦法繼續打棒球嗎？」

「嗯。沒辦法戴棒球手套，也沒辦法握球棒。因為骨頭已經完全碎了，雖然有手術，但已經沒辦法回到以前的狀態。」

「你不是說你都很小心運動傷害嗎？為什麼會受這麼嚴重的傷？」

「妳就原諒我吧。當時避不掉啊。發生了意外，練習時被突然飛過來的球砸到。」

「那砸到你的人是誰？都是那傢伙害的吧？」
「不是啦，那也不是故意的。不是誰的錯。」
「沒有辦法了嗎？」
「沒有辦法了。」
我覺得自己很蠢。為什麼我只能說這麼無聊的話呢？不僅沒有意義，還在大和的傷口上撒鹽，我沒辦法說出什麼安慰他的話。既然這樣乾脆什麼都不說，自顧自地哭一場說不定還比較好，我真的是又蠢又笨的差勁人渣。明明不用問大和就知道，這件事不能怪任何人，而且沒有辦法挽回。我明明就不是為了說這種話才追上來的。
「大和……你是要來跟我說這件事的嗎？還是來逃避的？」
「……兩者都有吧。我本來想動完手術出院後就和媽媽一起回家，但是我說要先回宿舍一趟就和媽媽分開了。我沒有告訴任何人，自己跑來這裡。」
「……」
「不過，昨天阿姨好像已經跟我媽聯絡，所以家裡也知道我在這裡了。應該是知道我除了來找妳之外，沒有別的地方可以去吧。因為知道是來找妳，所以就讓我離開了。」
——妳啊，無論什麼時候都要在大和身邊支持他喔！
原來，那個時候媽媽就已經知道了，所以才會那樣說。說那種我不知道能不能辦到的話。

「對不起，千世，我沒辦法實現夢想了。」

大和別過臉，眼神低垂。

「真糗。之前明明就一副理所當然要成為職棒選手的樣子，卻因為這種事必須果斷放棄夢想。真的很對不起支持我的人，是我背叛了大家。」

「沒有這回事，大和，沒有人會這樣想。」

「是啊，大家都這麼說。每個人都在安慰我。拜託不要這樣，乾脆責備我還比較好一點。畢竟再怎麼可憐我、安慰我，都沒有辦法挽回啊！」

「……」

「我已經失去一切。以前我心裡只有棒球，一路走來都以成為職棒選手為目標。除了棒球，我沒有其他的夢想。」

「大和。」

「對不起，千世，對不起。」

「不要跟我道歉，笨蛋，為什麼要跟我道歉啦！」

「對不起……欸，千世，我該怎麼辦才好？」

大和突然說了這句話。同時，他低垂的側臉落下水滴。

接連著落下好幾顆水滴。

「我已經沒辦法再往前走了。」

對我來說，這個衝擊甚至讓我覺得無法呼吸。
大和在哭。我沒有辦法幫他擦淚，顯得手足無措。
大和竟然在哭。
「我沒有能去的地方。失去目標之後，覺得好黑暗，無法繼續向前走。」
「……大和。」
「我什麼都看不到了。千世，我不知道自己該怎麼辦才好。」
這是第一次。大和第一次在我面前說喪氣話。以前無論多麼辛苦都不曾向我哭訴過的大和，現在竟然哭成這樣。
他過去到底拚命忍下多少悲傷、痛苦的眼淚？現在眼淚怎麼樣也停不住，一定光是站著都用盡全力。
而我卻無法為大和做什麼，只能看著他哭。不僅無法為他做什麼，就連一句話都說不出來。
我該說什麼才好？該怎麼辦才好？
任憑我再怎麼想，腦海裡浮現的話都太膚淺，總覺得完全無法表達自己的想法。其實，我連自己想表達什麼都不太清楚。
畢竟沒有夢想的我，根本就無法了解放棄遠大夢想的人有多痛苦。即便我假裝自己很了解，說一些老套的話，大和一定也聽不進去。沒有真心實意的語言，無法傳達到對方心裡。

我辦不到。一直迷惘從未試圖前進的我，根本就什麼都說不出口。大和明明就在哭，我對這種時候什麼都做不到的自己感到火大。

我什麼都不懂，所以也不能體會他的心情——

「真是的，你們兩個的表情還真是難看。」

回過頭，常葉雙臂抱胸站在橋的另一端。

風吹動羽織和服和頭髮，常葉看著我和大和。

「……常葉。」

「大和，你在哭什麼？為什麼這麼悲傷？」

大和抬起頭，用充滿淚水的眼睛瞪著常葉。

「是因為夢想破碎而感到悲傷？還是因為前途一片黑暗而感到痛苦？」

「這跟你沒關係吧？」

「雖然沒關係，但我的工作就是守護所有和我無關的東西。」

——喀答、喀答。

常葉每前進一步，就會響起輕巧的木屐聲。

或許這時候我應該問他跑來這裡做什麼，但不知道為什麼，我說不出口。我只是靜靜地凝望著從我面前走過的常葉。

「我說，大和啊，你真的認為放棄夢想很糗嗎？」

「……」

「持續努力就能實現一切夢想，世界上可沒有這麼美好的事喔。雖然很痛苦，但這就是人生。即便如此，這個世界卻對放棄的人很嚴苛。沒有人了解放棄的人最痛苦，只會攻擊或憐憫。沒有人知道，放棄是一件多麼需要勇氣和覺悟的事。」

木屐的聲音停了下來，常葉的右手緩緩伸向大和。

「大和，不要閉上眼睛，就算現在覺得很辛苦也要撐下去，不能選擇停下腳步。」

「……吵死了。」

「如果沒有前行的路，那倒退也可以。你能走的路並非無限多，但也不是只有一條。你還有別的路能走。」

「你懂什麼……你又不認識我！」

「我懂。因為我是守護夢想的神，可以看到一切。大和，你為什麼看不到呢？」

那只是一個小小的動作。

他只是轉動伸出去的手臂，將手掌向上翻而已。我一直忍耐的眼淚之所以潰堤，是因為常葉手掌上浮現的光芒，比我之前見到的所有願望都還要更強烈、更巨大、更加閃耀。

那道光芒在充滿淚水的大和眼裡也一樣閃耀。

「這是什麼？」

「不用我說你應該也知道吧？你不可能不知道。大和，這就是你一直以來最重視的東西啊！」

「我一直重視的……」

「大和啊，現在明明仍然散發著這麼強大的美麗光輝，你怎麼會看不到呢？」

就像太陽一樣能夠照亮遠方，至今仍然強烈、巨大的閃耀光芒。

——不會消失。我不是說了嗎？願望會永遠在身邊守護許願者。

——就算願望結束也一樣嗎？

——因為曾經許過的願不會消失啊！

對大和來說，那個夢想就是照亮大和的世界的太陽。從他很小很小的時候，就一直把那道光芒當成指標，頭也不回地持續前行。走在比任何人都明亮的、朝向夢想的筆直道路。

「我的、夢想。」

夢想之所以不會消失，是因為根本不可能消失。因為這是他一直重視而且持續追求的強烈光芒。

「沒錯。這是你的夢想。」

「為什麼……不會消失？」

「夢想就算無法實現也不會消失。即便有一天你忘記這個夢想，再也看不到這道光芒，它也會一直守護發光發熱的你，讓你今後也能筆直前進，能去到任何地方，而且不會迷失。永遠，都會守護你的背影。」

寧靜的風吹過來，那道光芒輕飄飄地浮向空中。

「就算無法實現，這個夢想也會永遠在遠方支持著經歷傷痛、苦惱後仍站起來向前進的你。來，張開眼睛看吧！你原本覺得黑暗的天空，真的有你想像的那麼黑暗嗎？連一顆星星都沒有嗎？那是不可能的。你一直當作目標的光芒，現在仍然閃耀。而且，一定會有另一道強烈的光芒在前方。如同你的傷痛只有你自己懂，你能看見的光芒都是屬於你的。」

藍色的天空畫過一道光芒，光線淡淡地拉長。

那是上升到遙遠彼端的、沒有實現的夢想。然而，那道光芒將永遠閃耀，持續守護著沒有停下腳步、持續前行的背影。無論是踏上險峻道路、冷得顫抖或停下腳步的時候，都會在你身旁發光。

「不是一切都結束了嗎？」

「夢想會連結在一起，所以隨處都是你的道路。」

「……明明這麼痛苦，我還能再站起來嗎？」

「只要你有前進的意志就可以。」

光芒瞬間就融入天空中消失不見。那道光芒現在一定也還在大和心中閃耀吧。

「大和，你的願望，我聽到了。」

常葉對著空無一物的天空這麼說。大和一直凝望著天空，不再哭泣的眼睛瞇成一條線。

無法實現的、重要的夢想。即便通往那個夢想的道路已經中斷，直到終點前還有很多其他的路可以走。回到岔路的分歧點或許需要時間，但夢想確實彼此連結著，只要重新出發就好。那條路會連結到哪裡？能走到哪裡？沒有人知道。不過，既然走向未知的道路，就要踏出第一步。只要踏出一步即可，嶄新的一步。

「大和。」

我擦擦臉，吸了吸鼻涕，把右手伸向回頭的大和。

「我們一起走吧。我沒辦法拉著你，也可能會慢吞吞，但是可以一起走到不能走為止，一起走到你找到自己的路為止。」

我知道自己很不可靠，也覺得要是能說出一句鼓勵的話就好了。

但是，我實在說不出這種話，所以決定說現在最想說的。雖然我沒辦法帥氣地把別人拉起來或者從背後支持，但我應該可以踏著相同的步伐一起同行。我不知道你會不會因此得到慰藉，不過，如果你能笑一笑，我就放心了。

「……千世。」

「我不懂大和的苦，畢竟我根本連可以放棄的夢想都沒有。但是我了解你的心情，因為我也很重視你的夢想。」

「嗯，我知道。謝謝妳。」

大和的左手握著我的右手。我不安的小手，緊緊握住比我更大更可靠的手。

「謝謝妳，千世，我應該已經沒事了。」

「嗯。」

「也謝謝常葉先生。原來你是神，難怪有點像怪人。」

「說怪人也太失禮了。不過，既然是大和，我就原諒你。如果是千世的話，我早就詛咒她了。」

「為什麼大和可以，我就不行啊！」

「吵死了。我最討厭大聲嚷嚷的人了。閉嘴！」

「你們兩個都別吵架，要好好相處才行。」

「既然大和這樣說，那就沒辦法了。」

「什麼啦！你為什麼只對大和好啊？」

「謝謝你，常葉先生。你真是個好人。啊，不是人，是神才對。」

「如果你想來參拜的話，建議供品買甜饅頭。」

「哈哈。嗯，我知道了。」

我目瞪口呆地看著大和說完之後笑出來的側臉。我突然想起以前在哪裡看過這樣的表情。比賽結束的聲音響起，在投手丘上舉起左手，對著天空的那張臉。大和現在笑容滿面，表情就和那個時候一樣。

第七章 ◆ 雨後天晴又是雨

大和回家後過了五天。直到今天早上，他才終於和我聯絡。大和的手還是沒辦法恢復如昔，只能放棄棒球。不過，他似乎要在棒球社待到最後。大和說沒辦法再繼續打最愛的棒球，在旁邊看很痛苦，但即便如此還是喜歡棒球，所以做了這個決定。儘管當初因為體育保送而考上學校，但他本來就很會讀書，成績也很好，所以不會因此退學。為了上大學，接下來打算更努力用功。

大和已經慢慢踏出下一步了。他心情應該還沒完全整理好，仍然很混亂，不過已經打算邁開腿前進。接下來要往哪裡走還不知道。不過，現在大和所在的道路前方，一定會拓展出很多條新的路。

◇◆◇

今天久違地下了雨，我撐著傘搭配時尚的長靴前往神社。伴手禮是紅豆冰棒。我之前買過一次，常葉感動地說「紅豆餡竟然可以配冰棒！」所以這次又買來了。他好像很喜歡紅豆餡，應該是因為這樣才會喜歡日式的甜點。

我在雨中走上石梯，穿越紅色的鳥居。但是，常葉不在神社裡。最近經常像這樣，就算我來他也不在，或者很快就不知道跑去哪裡，有時候還會一直不出現。

「我要連常葉的冰都一起吃掉。」

摺好傘坐在神社裡，打開便利商店的塑膠袋拿出冰棒。我也很喜歡紅豆色的甘甜冰棒。

氣象預報說今天的雨明天就會停，但越晚雨勢就會越大。我抬頭望著降下的雨，獨自啃著冰棒。

話說回來，這場雨和我第一次來到這座神社時很像。剛進入梅雨季的那天，突然開始滂沱大雨，我全身濕透逃到這個神社避雨，然後就發現那個有點奇怪的神明。

「正在吃著好東西呢，千世。」

「嗚哇！哇！」

回過神來才發現常葉坐在我身邊，而且沒問過我就開始翻便利商店的塑膠袋。

「拜託，不要這樣悄悄靠近啦！我會嚇到。」

「是妳太大意了。遲鈍的傢伙！喔，這不是紅豆嗎？」

發現冰棒的常葉，如我所料非常開心。他迅速打開包裝大咬一口，露出非常幸福的表情品嘗冰棒的甘甜滋味。常葉以前吃冰的動作不太靈巧，但最近好像吃習慣插著棍子的冰棒，已經可以吃到最後都不會掉滿地了。

周圍都是雨的味道。當然，一個人也沒有。

「可惜，今天沒有中獎。什麼都沒寫，真無趣。」

「這款冰棒本來就沒有獎項啊。」

「是這樣喔？真小氣耶。」

「你要是說這種話，製造商生氣就不賣了喔。」

「不賤賣自己的商品，真是值得驕傲，太棒了。」

等到常葉吃完冰棒，排水度應該不錯的神社境內變得像一片海洋。明明是太陽高掛的時間，卻因為天空厚重的烏雲變得黑暗而沉重，但是我並不覺得討厭。有晴天就會有這種雨天，這是理所當然的事。下雨並不壞，反正之後就會放晴了。這也是理所當然的事。

「欸，大和說要跟你道謝。」

我看著天空對常葉說。常葉今天應該不打算讓雨停，但他仍然一直盯著下著雨的天空。

「是喔，大和這樣說啊。」

「他說下次來，會買三波屋的甜饅頭。」

「很好。」

「我啊，覺得常葉有點厲害。」

常葉轉過頭來。這種小動作也看起來很優雅，只有這種時候我才會覺得常葉果然是神。

「我當時完全不知道想對大和說什麼，就算他哭我也不能為他做什麼。好不容易追上他，我也沒派上用場。雖然我對你大吼，但其實我自己最沒用。」

「被妳大吼，我的確很沮喪。」

「對不起啦。當時我真的很氣啊。不過，常葉最後還是救了大和。我說不出來的話，常葉都說出來了，那些話一定是讓大和再站起來的關鍵，所以大和現在才能重新振作起來。」

「大和重新振作並不是靠我的力量，而是靠他自己的力量。」

「話是這樣說沒錯，但常葉還是完成我做不到的事了啊。」

那個時候我不了解大和的心情。從未有過夢想的我，因為沒有失去過夢想，所以不知道該怎麼做、該說什麼才能貼近大和的想法，所以最後什麼也沒說。

「我想為他做點什麼，卻連到他身邊都辦不到。我覺得自己一直都在他身邊看著他一路走過來，但其實我一點也不了解大和的心情。」

「當然沒辦法啊。能了解的人很少吧？人的心意本來就很難傳達。」

「但是常葉說過，只要在語言裡包含自己的心意就能傳達到對方心裡對吧！我其實就是想告訴大和，常葉對他說的那些話。」

「是啊。所以接下來，由妳來說就好了。」

琥珀色的眼睛，緩緩地眨了一下。

「我做過的事情，接下來就交給千世。大和如果又停下腳步，到時候就由妳陪伴他。妳不是說過嗎？要一起走下去。」

「可是……其實我不知道能不能做到。我只是試著說出來，但我真的能做到嗎？」

「可以的，千世就是那樣的人啊。」

常葉笑了。雖然我完全不知道那樣的人是指什麼樣的人，但話說回來，常葉不知道為什麼總是對我抱著莫名的期待。平常明明一直罵我遲鈍、沒用，但我沒自信的時候，又偏偏會推我一把，說我沒問題。我覺得自己並沒有回應他的期待，但為什麼他總是說我能做得到呢？

「我根本不了解大和的心情，即便這樣也能做得到嗎？」

「心情沒辦法和任何人分享，是屬於自己的東西。無論快樂或悲傷，都是自己的。聽好了，千世，當某個人笑的時候妳也要笑，流淚的時候妳也要跟著哭。如果那個人停下腳步，妳就跟著停下來搭著他的肩膀，當他邁出步伐的時候，你們就牽著彼此的手。只要這樣前進就好。不需要分享，只要在他身邊就好。如果大和再度迷失方向，妳就像這樣在他身邊陪伴他吧。」

說起來很簡單，但我想做起來應該不輕鬆，所以我沒辦法自信滿滿地回答一定做得到，但又覺得應該偶爾回應一下他的期待。

「我知道了。」

「嗯。」

「我會試著努力。」

「嗯。沒問題，妳一定可以的。」

雨還是下個不停，一直下到晚上。不過，明天好像就會停了。好可惜，如果白天的時候雨停，一定能看見彩虹。

◇
◆
◇

我好像作了一個很不可思議的夢。

那應該是晚上，但好像有祭典，所以周遭很明亮。小孩、大人都穿著浴衣，走在整排的攤販之間。某處一直傳來太鼓和笛子的樂聲。小小的舞臺上有人在跳舞，周圍有很多人拍著手。遠處傳來煙火的聲音。夜空裡開出漂亮的花朵。

往裡面走會看見大型的七夕竹裝飾。很多人聚集在赤竹下，掛上某個東西。那是色彩繽紛的短箋，短箋上寫著字。每張都不一樣，寫著大家的心願。

每個人都掛著笑容。開開心心地把向天祈求的夢想，寫在一張短箋上。有一個人無比歡喜地看著這些幸福的喧囂。靜靜坐在最深處的神社看著祭典的，是個擁有星星髮色的美型神。

啊，原來如此。這個夢是常葉的回憶。

不可思議地，我毫不遲疑地就發現這一定是很久以前的重要回憶。常葉心裡殘存的記憶——

◇◆◇

「我說啊，神崎同學有來的話要告訴我啊！」

昨天的大雨就像一場夢一樣，天空一片晴朗，紗彌邊說邊往嘴裡塞滿逐漸變成商店街名產的迷你滾滾燒。

「的確是我不好，但是告訴妳也沒意義啊。大和已經不是高中棒球的明星了。」

「可是我很想見他一面啊。我一直都是他的粉絲，而且老實說我覺得他很帥。我想要他的簽名跟照片！如果能見面的話，一起拍張照也不錯！」

「連照片都要？」

大和一定會拒絕，我一邊想像他逃離相機的樣子，一邊像紗彌一樣把迷你滾滾燒往嘴裡塞。今天我買的起司紅豆是最近最受歡迎的口味，熱呼呼的紅豆餡和融化的起司很搭。

「不過，在盛夏的戶外吃剛烤好的熱食也是滿痛苦的。」

紗彌邊說邊舔了一口嘴角露出的卡士達醬。

「那妳就買別的來吃啊！」

「可是很好吃嘛。我對好吃的甜食最沒有抵抗力了。」

「我知道。」

我和紗彌聊著人畜無害的話題。明明是暑假期間，我們兩個卻乖乖穿著制服，當然是因為我們兩個都要補課。我們兩個數學和英文的期末考都不及格，剛剛我們才順利服完考試不及格的刑罰。

「哎呀，雖然很痛苦但總算解脫了！真正的暑假來了！」

「接下來只要負責玩就好了！」

「千世暑假有要去哪裡嗎？」

「沒有耶。既然不去看甲子園，就沒有特別要去的地方了。今年也沒有要去奶奶家玩。」

「那今年就一起去看煙火吧！」

「煙火？」

「嗯，已經快要開始了。我們鎮上的煙火大會。」

話說回來，之前常葉好像說過，祭典已經消失，但現在仍然會在夏天放煙火。

「辦得很盛大喔。雖然是在河岸邊放煙火，不過鎮上的每個地方都能看到，數量也很多。」

「我想去耶。畢竟我去年沒看到煙火。」

「喔！那我們就穿浴衣去參加。看煙火一定要穿浴衣對吧！」

「要穿浴衣嗎？國中時穿的那件不知道還在不在。」

「還有，要決定在哪裡看。」

「紗彌都在哪裡看？」

「因為只有放煙火那天會開放，所以我之前都去國中校舍的屋頂看，雖然可以看得很清楚，但人也很多……啊，對了，那裡！」

紗彌伸出食指指向我。

「去千世那裡吧！」

「咦？我家嗎？可以是可以啦，但去高處不是比較好嗎？」

「不是妳家啦，就是那個神社啊！」

「神社？妳說常葉神社喔？」

「奶奶之前的確說過。其實那裡看得最清楚，應該是說，本來就是刻意選在神社能清楚看到的位置放煙火的。我之前是跟朋友一起，所以沒有聽奶奶的話，還是跑去學校。不過沒有人會去那種後巷裡的神社，而且本來就沒什麼人知道那裡，所以根本就是超私房景點啊！比學校好太多了。」

「原來如此。」

的確，如果以前是配合神社祭典放煙火的話，從那座神社看煙火應該比其他地方都漂亮。而且，去神社的話，喜歡熱鬧的神也會很開心。如果常葉知道我去看煙火，一定鬧彆扭說「為什麼不找我」。既然如此，一開始就一起看煙火最好。畢竟在熱鬧歡樂的城鎮中，孤伶伶地在神社感覺有點寂寞啊。

「嗯，就這麼辦。還可以先到商店街採買零食。」

「好耶，我也做些點心帶過去。對了，要不要找神崎同學來？」

「大和嗎？他不知道會不會來……是可以找他啦。」

「太好了！我要先買好簽名板。」

看著紗彌開心地手舞足蹈，就算撕開我的嘴也說不出口大和應該不會來。雖然不能太期待，但可以先約約看。

「千世，那就再見囉！」

「嗯。掰掰。」

在商店街和紗彌道別後，本來打算直接往通向神社的後巷走，不過我突然想起一件事，便轉身走回三波屋。最近因為太熱都買冰棒，很久沒買甜饅頭當伴手禮，常葉差不多要嘴饞了。就當作感謝他幫忙大和的事，買給他吃吧。

三波屋在商店街離學校比較近的地方。暑假開始之後，只要有補課我都會經過，但很久沒進去買了。打開大門發現阿姨依然在櫃檯後面顧店。

「哎呀，千世妹妹，歡迎光臨。好久不見了。」

「妳好。有段時間沒來了，真是抱歉。」

「沒關係。天氣變熱了，比起甜饅頭，會更想吃冰棒或剉冰啊！」

「啊哈哈……」

阿姨真是敏銳。我笑著帶過，一邊瀏覽櫥窗。就算已經決定要買什麼，還是會忍不住一個一個看著排列在櫥窗裡的可愛的和菓子。

「商品好像變多了耶。」

「對啊。最近開發了很多新商品。妳知道站前出口的對面有一間最近很受年輕人歡迎的店嗎？那間店都在賣一些很可愛的點心。」

應該是在說原本很難吃的章魚燒店。

「因為那家店的老闆娘來找我商量，最近試了很多種餡料，所以我們也想說來試試看新商品。」

「喔，原來是這樣啊。」

原來如此，太太已經和三波屋聯手了啊。那就無敵了。

「千世妹妹今天也是要買平常的山藥甜饅頭嗎？」

「對。不過，下次我會來買新商品的！」

「哎呀，真是謝謝妳。來，今天的紅豆餡做得很好，一定會比平常好吃喔。」

「真的嗎？好期待喔。」

我接過的紙袋很輕。不過，價值比實際重量更重。金額不過數百日圓，價格非常親民，但我動用為數不多的零用錢特意買了除了自己以外的份，光是這個事實就已經擁有超越任何寶石的價值了。常葉總是理所當然地大口吃掉我帶去的伴手禮，但我希望他能了解這絕對不是給神的供品，而是溫柔的女高中生對寂寞閒人的善意。

儘管我這麼想，但常葉應該聽不進去吧。他今天一定也會毫不客氣地吃。以後也會這樣。

「話說回來，千世妹妹放暑假還是穿著制服呢。」

「啊，這個啊，因為早上要補課，啊哈哈……不過今天已經都補完了，所以接下來真的放暑假了。我會盡情玩耍！」

「嗯，難得的暑假當然要好好和朋友一起玩。接下來也是要去玩嗎？」

「接下來我要自己去神社，想說要在那裡優哉地吃甜饅頭。」

「哎呀，神社嗎？該不會是商店街後面的常葉神社？」

「對啊。您知道那裡？」

「當然知道啊。不過，說到那裡我就想到一件事。」

「什麼事？」

「千世妹妹不是每次都買山藥甜饅頭嗎？其實還有另一個常客，也是只買山藥甜饅頭，但前一陣子過世了。」

阿姨垂下眉毛，表情有點寂寞。

「那位客人都是買來當作常葉神社的供品。那座神社的神明好像愛吃甜食，特別喜歡甜饅頭喔。那位客人說神明很喜歡我們家的甜饅頭。能得神明眷顧，真的很光榮呢。」

「……這樣啊……」

那個人一定是安乃婆婆吧。安乃婆婆很久以前就發現常葉是神了。阿姨半開玩笑地提起這件事，她一定也認為安乃婆婆是在開玩笑，不過安乃婆婆是真的知道那位神明喜歡三波屋的甜饅頭，才會每次都買這裡的甜饅頭去參拜。

「因為是長久以來一直上門的顧客，以後都見不到面還是覺得很難過啊。而且她經常去常葉神社參拜，她不在了，神明一定也很難過。」

「那個，沒有其他經常去常葉神社參拜的人了嗎？」

「對啊，我雖然住附近，但也很久沒去參拜了。管理那座神社的神官一家很久之前就沒有人繼承，所以由其他神社的人兼任神官，神社境內的管理還是鎮上的人在做，但是相較於一直都有人常駐的地方的確比較荒涼。因為鎮上的狀況有所改變，後來也越來越少人去參拜了。再加上現在這個年代，尤其是年輕人，可能會去有名的神社，但絕對不會去鎮上的神社參拜吧。」

「嗯嗯，的確是這樣沒錯。」

「所以千世妹妹真的很乖耶。阿姨我認識的人裡面，只有那位過世的客人會像以前一樣去參拜了。」

「這樣啊……」

其實不用問也知道。畢竟現在會去常葉神社的人就只有我了。雖然小結和章魚燒大叔也會來，但經常來神社和神聊天的只有安乃婆婆一個人。只有安乃婆婆數十年如一日地信神，而且每天來神社參拜。

「不過，說不定這個時間剛剛好呢。最後一直去神社參拜的那位客人，剛好在這個時候離世。」
阿姨嘆了口氣這麼說。
「剛剛好是什麼意思？」
「哎呀，千世妹妹不知道嗎？」
我歪著頭，阿姨稍微垂下眉毛。
「常葉神社已經快要拆掉了喔。」
「……咦？」
「千世妹妹家的南區開發完畢，接下來就是要重新開發東區了。這件事很久之前就已經決定，也開過居民大會。其中也有提到這個商店街，不過還在協議當中。只是後巷的神社已經劃入再開發區域，那一帶都會拆掉，改建成大馬路和住宅區。」
阿姨靠著櫃檯繼續說。
「那座神社歷史悠久，所以占地也很寬廣對吧。不過，沒有神職人員之後信徒變少，最近大家也不太去神社，參拜的人也銳減。因為一直是這種狀態，所以很久之前就已經沒辦法徹底管理了。千世妹妹，妳還好嗎？妳臉色很蒼白耶。」
我應該有回答我沒事，但其實我不知道自己是不是真的沒事。明明就超有事的啊！我有一種頭部突然被重擊的感覺。
那一帶都會拆掉，重新開發。

那座神社也會被拆掉。

怎麼回事？

「千世妹妹，真的沒事嗎？要不要到裡面休息一下？」

「不……沒關係……」

我的事情一點也不重要。比起這個，常葉神社要被拆掉比較危急。我沒聽說啊。不對，這不是突然發生的事，而是早就決定好的，只是我不知道而已。

……不，不對。我其實早就知道了。之前紗彌說過。配合我們家那一區的開發，這一帶也會重新建設。我有聽說這件事，雖然有聽說但作夢也沒想到會和那座神社有關。

常葉神社會被拆掉。

等一下。那也就是說……如此一來……沒有神社之後，住在那裡的常葉會怎麼樣？

神社不是神的家嗎？沒有神社之後，神到底要住哪裡？

如果是空蕩蕩的神社，隨便拆都沒關係。我沒有信仰虔誠到每次都為這種事感到心痛。不過，那座神社現在也有神居住。就算空無一人，信徒也減少，但神還是優哉地坐在沒有人來的神社，等著某個人來許願啊。

常葉的確還在那裡啊。

沒有神社的話，常葉他——

「常葉！你在哪裡？」

我急速奔跑在常葉叫我不許踩踏的參道正中央，從紅色鳥居下大聲喊他的名字。常葉不在神社。這種時候他又跑去哪了？

「常葉快出來！」

「什麼啦！吵死了！」

「嗚喔！」

一回過頭，常葉就站在我背後，像平常一樣用美麗而澄澈的表情俯瞰我。

「千世，我不是跟妳說過很多次，這是我在走的，妳不能走嗎？我覺得狸貓都比妳聰明一千倍。」

「欸，常葉，那個……」

「怎麼了？讓妳這樣慌慌張張地跑來。妳被狗追嗎？」

「常葉，聽說這座神社要被拆掉了。」

我氣喘吁吁跑得很累，但拚命擠出聲音。全身上下都是汗，手裡握著的紙袋內容物不知道是否還完好無缺。

不過，比起這種事，我必須趕快告訴常葉最新消息。畢竟這很嚴重啊。

「這樣啊。」

不過，常葉的表情還是完全沒變。若無其事喀答喀答地踩著木屐，坐在有遮蔭的神社，然後說：

「我知道。」

我深吸一口氣再吐出來。額頭上落下的汗水，順著睫毛像眼淚一樣往下滴。

「你知道……是什麼意思？」

「我沒告訴妳嗎？」

「你早就知道這裡要被拆掉？」

「因為很久以前就決定了啊，秋天的時候這座神社就會被拆除。」

「怎麼會……」

騙人的吧。秋天的話，轉眼就到了啊。

這座神社……包含神社本身、淨手池、鳥居、樟樹全都拆除，令人忘記這裡曾經有過神社似地，建設完全不同的東西。我現在眼前的景色——神明坐在森林裡的古老神社，這樣理所當然的熟悉景色，全都會消失。

常葉早就知道會變成這樣了嗎？

「欸，要怎麼辦？」

「什麼怎麼辦？」

「這代表常葉神社會消失耶！得做點什麼才行啊！」

常葉明明就知道，為什麼還能一臉平靜？明明就可以焦慮甚至憤怒，為什麼知道這種事，還一個人默默待在這裡像沒事一樣？而且還沒有告訴我一聲。

「千世，我不知道妳聽誰怎麼說，不過神社並不會完全消失喔。」

「咦？是這樣嗎？」

「城鎮會煥然一新。在重獲新生的城鎮裡，也會建新的神社。雖然面積會比現在小很多，但也只是換個位置而已。」

「……也就是說，不會消失只是搬家了？」

「沒錯。」

什麼嘛，原來如此啊！的確，以現在的占地很難養護，如果面積變小的話應該就會輕鬆多了。要增加參拜客並不容易，但只要重建漂亮的神社和鳥居，氣氛改變之後，或許會比較容易有人來。應該是考量到如果想讓神社繼續經營下去，比起勉強守著這裡，不如換個地方。我聽到要拆神社的時候，馬上就想到這會遭天譴，但仔細想想，這個判斷並不壞。

這樣啊。太好了，神社不會從此消失。

雖然這座神社的景色不復存在，但如果能保存更重要的東西，就應該執行。

「可是，這樣一來常葉也要去新神社對吧？什麼時候才會建好？會蓋在哪裡啊？新的地點已經決定了嗎？有可能要騎腳踏車才能到是吧？」

不過再怎麼樣也會在同一個城鎮內。如果只是稍微搬家，應該就和之前一樣。我還是能像之前一樣去神社玩、吃點心、聊一些無謂的瑣事、吵吵架、幫忙神明的工作，就這樣過日子。

不過，常葉不知道為什麼一直沉默。
只有一瞬間，他露出寂寞的表情。
「千世，妳覺得神住在哪裡？」
突然被他這麼一問，我雖然困惑但仍用食指指向眼前的古老建築。
「住神社吧？這裡是神的家啊。」
「不對。」
常葉說了這麼一句話，接著緩緩瞇起眼睛。我順著他的視線回頭，看到的是紅色鳥居後，這片城鎮的景色。
「神活在土地以及居住在土地上的居民的心中。由人們的祈禱而生，以人們的信仰支撐。如果沒有這些，就算建了神社也不會有神存在。」
常葉低沉的聲音，比風聲更通透。彷彿優遊在不同空氣中一樣，傳到我心裡。
「這裡已經很久沒人來，唯一會來參拜的安乃也已經過世。人們已經不需要我，這片土地再也不需要神了。」
「怎麼會……」
「事實上我已經幾乎沒有什麼法力了。我想和人類多接觸所以現身，但最近力量已經弱到沒有辦法維持，很快法力就會耗盡。」
我想起常葉曾經變得半透明，嚇了我一大跳的事情。他經常不知道什麼時候突然消失或著經過很久才出現，只是因為已經沒辦法現身而已。

常葉一直都在我身邊嗎？

「……法力用盡之後，常葉會怎麼樣？」

「那就是我的終點，應該會和這座神社一起消失吧。」

「消失是指我再也沒辦法看到你了嗎？」

「不是這樣喔，千世。」

回過頭來看到常葉臉上的寂寞表情已經消失。沒有悲傷也沒有憤怒，顯得放鬆而清朗。但是，我懂了。消失和身體變成半透明讓我看不到是兩回事。他會完全不見，從這個世界上消失不見，就和人死亡一樣。

真的會徹底消失。

「……常葉覺得沒關係嗎？」

琥珀色的眼睛望向我。

「這樣實在太過分了啊。這裡的居民明明從以前到現在都依賴常葉實現各種願望，可是卻突然不來參拜，為了自己方便而拆掉神社，完全沒有顧慮神該何去何從。」

「神社還是會建新的啊。」

「可是常葉不在的話就沒意義了啊。就算建了神社，也只是個空殼，那為什麼要建？這樣很奇怪啊。常葉你應該也要覺得悲傷、憤怒啊！」

「沒關係的，千世。」

常葉搖搖頭。

「我是為了人類存在的。我為人類而生，為人類工作，這和我的幸福緊密相連。過去人類向我祈求活下去的力量，現在呢？無論遇到什麼困難，人類都能靠自己的力量向前走了。如果人不需要神，可以靠自己的力量前行，那對我來說也是一件值得開心的事。」

常葉這樣說，對抿著嘴的我露出微笑。

我之所以生氣，是因為那些話都出自於常葉的真心。如果他只是勉強修飾笑容和言詞也就罷了，偏偏常葉是真心這麼想。

「……別說這種自作主張的話……」

我用力握緊拳頭，心裡湧上的不只有憤怒而已。

「你都還沒有解除我的詛咒！我都還記得這件事，你可不准自顧自地消失。你要是消失了，被詛咒的我要怎麼辦？」

第一次來神社那天，常葉就不講理地詛咒我。為了讓沒有夢想的我找到夢想，他把我當作人質，要求我每天來這座神社。

我現在還是沒有找到夢想，所以那天被下的詛咒，至今還在我體內。

我雖然很想趕快忘掉但一直記得，當初以為他親了我的額頭，但其實被下了詛咒的回憶。

怎麼可能忘掉。這種一生只會發生一次的奇怪事件——有生以來第一次被神詛咒。

「在我的詛咒處理好之前，你可不能擅自消失！」

「嚇我一跳，難道千世到現在還相信那件事嗎？」

「什麼？……你說什麼？」

咦？什麼？怎麼回事？

「妳還真的是蠢到家了耶。我以為妳早就發現了。」

常葉因為太過吃驚露出目瞪口呆的表情，讓我原本就混亂的頭腦更加混沌。等等，所以其實到底是怎麼回事？

「我怎麼可能有辦法詛咒人啊。持續守護是神的職責耶。詛咒一聽就知道是騙人的啊。」

「咦？……可是額頭真的發光耶。」

直到回家都還繼續發光，所以一定不是我想太多。既然發生那種不可思議的現象，我當天絕對被動了什麼手腳。

結果，常葉噗哧一笑，招招手叫我過去。我戰戰兢兢地靠近並站在常葉身邊，他伸出食指用力點著我的額頭。

「我施了咒。」

「施咒？」

「嗯，沒錯。」

他放開手指。我不自覺地用雙手觸碰額頭，感覺到那個位置徐徐傳出熱度。那天的確覺得有什麼東西跑進額頭。

「我在妳的心裡施了咒，讓妳可以選擇自己的道路。」

我現在才覺得，看著我的琥珀色眼睛很美。美麗的眼睛映照著心靈汙穢的我，你看到的我，究竟是什麼樣子呢？

「我能為妳做的事只有那些而已了。」

「……騙人，太過分了，竟然騙我！」

「是被騙的妳不對，妳就是個老實又耿直的傻瓜。」

我還以為他對我下的是炸彈般的詛咒。我氣得半死，抱著頭煩惱，結果隔天還是心不甘情不願來到這座神社。奇怪的神把奇怪的工作推給我，我還泫然欲泣地想著為什麼自己會遇到這種事而手足無措，心裡想著別開玩笑了。現在我仍然這麼想，一直都這麼想。常葉個性很差又麻煩，自以為是的感覺也很令人火大，還一副理所當然地樣子對我口出惡言。

不過，話說回來……

——為了讓沒有夢想的妳找到自己的夢想，我才讓妳來幫忙的。

雖然他的做法很無厘頭，讓人難以理解……

——要有夢想，千世。

常葉從一開始就一直推著我向前。

他說沒有夢想人生就太無聊了，所以要讓不顧前後只站在原地的我，用自己的力量找到自己的路。從我們相遇的時候，他就一直這麼做。

「常葉。」

你為什麼對我有這麼高的期待？我並沒有像你想得那麼順利完成每個任務。

無論你怎麼把我往前推，我還是一如既往地沒用，仍然無法往前踏出一步，也不知道自己能做什麼。

所以請你好好看著我，看著我從原地走向自己的分歧點。就像等待花開一樣，拜託你繼續在這裡優哉地守護我。

「還有我在。」

因為我也會在你身邊。

「千世。」

「還有我在。就算神社搬到很遠的地方，我也會努力騎腳踏車去看你。等我高中畢業就可以考駕照，到時候就可以帶常葉一起出門。你很想搭車或摩托車吧？而且，我好像會很長壽，就算我長大了，也會來看你。所以……」

所以你不會消失。如果要有人祈禱神明才能生存，那我會一直想著你，到神社拍手祈願。

這樣你就不會消失了。常葉以後也能優哉地吃著甜饅頭，守護這個城鎮——守護你最喜歡的居民們。

所以──

「對啊，千世。」

常葉笑了，露出打從心底開心的表情。

「說得也是，還有妳在。」

我一直覺得常葉周遭的空氣不太一樣。只有他周遭的時間會和緩地流動，徐徐吹來寧靜的風。

「我知道自己的力量漸漸消失，也知道人類的生存方式已經改變。發現自己快要終結的時候，我每天都從神社靜靜眺望這個城鎮的景色。不過，我一直在想最後還能再為人類做什麼。雖然已經沒有以前那種消弭大型災害的能力，但即便如此我還是想為人類做些什麼。就在這個時候，妳出現了。妳面無表情地說自己沒有夢想。」

我漸漸看不到常葉的臉。不僅如此，連周遭的景色都變得模糊不清。眨了眨眼也還是一樣，而且眼睛越來越張不開了。鼻腔一陣酸楚，我緊緊咬著嘴唇。你一定還是用那張非常漂亮的臉看著露出慘烈表情的我吧。

「我覺得就是這個了。讓千世找到夢想，就是我身為這座神社的神，最後能做到的事。」

「……但是我還是沒找到夢想啊。」

「不，不可能。只是現在夢想還很小，妳還沒發現而已。千世小小的夢想，已經在妳心中生根了。」

常葉的手掌輕撫我的臉頰。不是撫摸，而是擦拭才對。但是不管怎麼擦，眼淚還是不斷掉下來。眼淚停不下來。

「千世，有妳在真是太好了。我過得很開心。雖然妳又笨又呆，但是比任何人都要心地善良。妳以後一定會變成一個更出色的人。」

「……這個我知道啦。」

「說得也是。千世啊……」

他用大拇指用力擦拭我的眼皮。雖然很痛，但視線終於變得比較清晰，我看見四周閃耀的光芒。

「能遇到千世真是太好了。謝謝妳。有妳在，我真的很開心。」

我一時屏息，目不轉睛地看著他。我知道視線很快又會模糊，所以決定在那之前盡量看。

銀色的頭髮，琥珀色的眼睛。像夢一般美麗的我的神哪！

眼淚再次湧現的時候，我緊緊抱住他的脖子。柔軟的毛髮貼在我眼皮上，帶著一點甜甜的香味。

啊，明明就還能抱著他，可以感覺到他的體溫、味道和聲音。他現在的確就在這裡。

「常葉。」

「怎麼了？」
「你不要消失。」
「今天還真是老實。」
「我一直都很老實啊。」
「是這樣嗎？」
「欸。」
「又怎麼了？」
「常葉的願望是什麼？」
我稍微抬起頭，看到眼前的常葉歪著腦袋。
「我的願望？」
「嗯。」
我吸了吸鼻子，吐出一口氣。堆積在眼角的眼淚，常葉幫我擦掉了。
「願望嗎？」
「常葉也有吧？你的願望。」
「……這個嘛。」
常葉沉思了一下，然後輕聲笑了笑。
「我的願望就是這個城鎮的居民笑著過日子。」
「笑著過日子？」

「對啊。我想看到大家的笑容。開心、歡樂的笑容。」

常葉說我的夢想已經生根，但我自己還不知道那是什麼。我一直想著自己到底能做什麼，卻什麼都想不到。

不過，我的夢想一定在某個地方。所以即便還不知道是什麼，現在也要竭盡全力。

而且，現在只能確定一件事。我知道我想做什麼。

所以現在要以這件事為指標奔跑，然後相信接下來會出現自己想要的東西。

我在紅色鳥居下回頭望。剛才還在的身影已經消失，我大步跨下石梯。吸回差點流出來的鼻涕，從口袋裡拿出手機。按下按鈕，撥打最常用的號碼。才響兩聲，電話就接通了。紗彌總是很快接電話。我大力用手掌擦拭濕潤的睫毛。

「哈——囉——」

「啊，紗彌。妳現在可以講電話嗎？」

「嗯，可以啊。千世妳怎麼有鼻音啊？怎麼了？」

「沒事，我很好。欸，紗彌，那個啊，我想請妳幫我個忙。」

「好啊，怎麼了？又是神明的工作嗎？」

「不是喔，這次是我的願望。」

我走下階梯，奔跑在沒有人煙的巷弄裡。手機裡傳來紗彌驚奇的聲音。

「我當然沒問題啊，妳要做什麼有趣的事嗎？」

「嗯，我希望能夠辦得很有趣。」

「哇喔。好耶，反正現在是暑假，我們就盡情做好玩的事吧！那妳打算辦什麼？」

「嗯，那個啊，我啊……」

天空很藍，雲很低。早就已經進入盛夏的季節，時間一定很快就過去了。

如果要趕上放煙火的日期，那就沒剩多少天了，必須趕快開始準備才行。沒時間慢慢訂立計畫了。時間不夠，那就盡量多找一點人來幫忙。雖然我一個人沒辦法辦成，只能見招拆招，但還是要想辦法試試看。

「我想要辦七夕祭。」

為了實現神明的夢想。

第八章・神的願望

「好重！這超重的！」

我氣喘吁吁而且心跳加速，過度使用運動不足的身體，搬運比想像中還要大一倍的赤竹走上古老的石梯。我在前，紗彌在後。

「欸，紗彌，這不是赤竹而是竹子本人吧？」

「……嗯，我也有這種感覺。真是健康的竹子啊。」

「是說赤竹和竹子哪裡不一樣？」

「這個嘛……大小不一樣？」

「那這就是竹子啊。不過七夕的裝飾，好像赤竹、竹子都可以用就是了。」

「但是用赤竹比竹子有氣氛，所以我們就稱為赤竹吧。巨大的赤竹！」

「說得也是。赤竹！」

扛在肩頭的巨大赤竹彷彿要摘下整個肩膀似地陷進肉裡，好不容易爬上石梯，赤竹又試圖把我們往下拉。

「千世，糟糕了。我搞不好要滾下去了。」

「加油！差點就到了。紗彌要是滾下去，我也會跟著被拉下去的。」

「要死一起死！」

「不要！」

就在我們大吼大叫的時候，終於平安穿過鳥居。身上的汗像瀑布一樣狂流，但我們仍把赤竹搬到神社境內事先準備好的支柱上，用繩索牢牢固定免得赤竹倒下。

一不小心就出聲大喊也是沒辦法的事。明明都還沒有裝飾，光是氣派的赤竹就已經顯得很有魄力，氣氛馬上就改變了。同時也感受到祭典真的快要開始，心情為之一變。

「千世，太好了呢，終於完成第一個大任務！」

「嗯，我覺得剛才那樣已經瘦了五公斤。」

「我也是。光是搬個赤竹就已經累死了。我們是不是太少運動了啊？」

「真的……」

沒想到光是搬赤竹就已經累成這樣。早知道就叫爸爸也來幫忙，他好像在家裡很閒。

「不過，這樣就算踏出第一步了。」

「嗯，我一直覺得這個赤竹是最大的瓶頸。明明是最重要的道具，卻不知道哪裡有。都是託紗彌的福。」

「不客氣。問過親戚之後，輕輕鬆鬆就找到可以提供赤竹的人。我說要非常氣派的赤竹，結果還真的送來這麼有氣魄的，真是嚇了我一跳。不過這應該是一般的竹子就是了。」

「啊哈哈。不過，有這麼氣派的赤竹已經無可挑剔了。」

「嗯，感覺願望可以輕鬆上達天聽。」

我點點頭。這下我們距離完成舞臺已經前進了一步。

決定辦七夕祭的時候，我就覺得應該會被看笑話。不僅時間緊迫，而且當下還沒有任何計畫。僅憑我一己之力不可能完成，連我自己都覺得是不是太有勇無謀了。不過，我一開始告訴紗彌這件事的時候，她的反應和我想的不一樣。

「沒想到千世會提出這麼有趣的想法，嚇了我一跳。不過，很好玩啊！」

掛掉電話之後我們馬上會合，立刻開始作戰會議。擁有發想力和行動力的紗彌在這種時候真的很可靠。我們一起思考需要哪些東西、該怎麼取得。我知道自己沒有本事，當然也沒錢沒人脈。在這樣的狀況下，該怎麼打造出心裡描繪的樣貌？我們一起絞盡腦汁，一一探詢可行的方法。

「首先要讓管理者同意使用神社。就算千世是神的助手，大人的世界還是需要各種許可或申請。裝飾用的赤竹我來想辦法。然後也會跟我奶奶商量看看，應該會有附近的居民或者知道以前祭典的人願意幫忙。」

紗彌一旦決定要做，就會比我更扎實地準備。紗彌說要幫忙的事，我決定全權交給她處理。

我則是先去找章魚燒店的大叔商量。我並沒有特定的目的，只是也找不到其他可以商量的人，所以抱著可能無功而返的心理準備前往。然而，當我對大叔還有太太說想在常葉神社辦七夕祭的時候，兩位都出乎意料地願意協助。

「七夕祭啊。這麼說來，我聽說以前有辦過喔。」

太太是前商店會長的女兒，和這個商店街的人都有交情，能夠拜託她幫忙，而且她還認識現在管理常葉神社的神官。太太說使用神社要處理的大人事務，可以都交給她。

「既然是千世妹妹來拜託我們，當然不能拒絕啊。」

我並不覺得自己做了什麼值得讓他們這麼說的事。不過，現在我想坦率地接受他們的好意。

我盡量在能做到的範圍內，盡力做我能做的事。低頭跑遍各地，有時候還要承受大人們吃驚的眼神，即便如此我也不想放棄，所以沒有停下腳步。

就像怕寂寞又喜歡人類的神，最後仍想為人類做點什麼一樣，我無論如何也想在最後為個性惡劣又愛說謊的神，實現他重要的願望。

接下來要在活動前裝飾好赤竹、設置攤販，還要架設舞臺讓紗彌奶奶請來的表演者演出。除此之外，還有很多待辦事項。不過，一切都確實進行中。

計畫比我想像得還要順利。大多都不是靠我的力量，而是託很多人幫助的福。

「大家好厲害喔。若無其事地答應這麼莽撞的計畫，還為此而行動。」

「妳在說什麼啊，無論是七夕祭的計畫還是召集我們，都是千世妳開的頭耶。」

回頭一看，紗彌聳聳肩膀。

「是千世出手幫助章魚燒店的大叔，而且妳也幫了我很多忙。奶奶也說她一直想重新舉辦這個祭典，妳起了頭她就很想幫忙。大家會幫忙都是有原因的。」

「……原來如此。」

「什麼啦！不要一副跟妳無關的樣子啦。這一切都是靠千世的力量才能實現。大家都是因為想幫妳，所以才出手的。」

紗彌一掌拍向我的背，看我踉蹌了一下，她開心地笑了。

「不知道為什麼，千世就是會讓人不禁想幫一把的類型耶。」

「什麼意思？因為我什麼都不會，實在太廢了嗎？」

「不是啦。千世妳啊，非常普通不是嗎？不好不壞很平凡。雖然不至於到糟糕，但也沒有特別優秀；不是非常好的人，但也不討人厭。」

「妳這到底是褒還是貶？」

「因為妳就是這麼普通的人，所以和大家的距離很近。不是從前面伸手拉人，也不需要別人轉身拉妳，就像一個總是走在自己身邊的人一樣。假設今天有人很煩惱，妳雖然不會帥氣地給建議或者幫忙解決，但一定會設身處地為那個人著想。處理章魚燒店那件事的時候妳就是這麼做，然後現在也一樣。一個人什麼也做不到，明明沒有自信，還是想盡辦法找旁人一起努力。」

「這樣聽起來，我好像真的很遜。」

「啊哈哈，說得也是。像這樣掙扎著努力的人，我怎麼能夠視而不見。而且，我覺得哪天換我煩惱的時候，千世一定比任何人都站在我這邊，一起抱著頭煩惱啊！」

「嗯。」

「所以，我也由衷想要幫助千世。」

聽到紗彌這番話，我笨拙地點點頭，想起常葉對我說過的話。當某個人笑的時候妳也要笑，流淚的時候妳也要跟著哭。雖然只做到這些無法解決任何事，但做到這些或許就能帶來一點改變。如果我能做到的話。

「喂──紗彌啊！這裡還有一根耶！」

石梯下傳來幫忙搬赤竹的大叔的喊聲。我和紗彌對看一眼。剛才使用過度的肩膀和消耗的體力當然都還沒恢復。

「竟然還有。我覺得比剛剛更累了。」

「但也只能搬完了。等一下叫大叔也一起幫忙好了。」

「喂──紗彌啊！」

「來了來了，我現在就過去！」

紗彌慌慌張張地跑下石梯。本想跟在她後面下去，不過我突然停下腳步回頭看。我身後還是那個空無一人、安靜的古老神社。

「……」

最近常葉都沒有現身。沒有人的時候，我試著叫他，但他都沒有再出現。

「……常葉。」

我心裡掠過一個念頭，他該不會已經……常葉該不會已經消失了呢？

不，不可能。常葉一定還在神社的某個地方看著我。

「常葉，再等我一下。」

我一定會讓你看到最棒的景色。所以，等等我。你可以睡個午覺優哉地等著。

「等我實現你的願望。」

我對著神社低語，然後穿過紅色的鳥居。卡車上另一根赤竹也氣派到感覺能直達天際。

◇◆◇

「啊，是太陽雨。」

前往商店街的途中，好像有什麼滴到鼻頭，所以我抬起頭來看。本以為是雨，但天空很晴朗。不過，那果然真的是雨。是太陽雨，狐狸要嫁女兒了。

「糟了，會濕掉。」

我急忙用書包擋住手臂裡抱著的紙張。好不容易印出來，如果都還沒貼就濕掉，我真的會很沮喪。

正式開始前五天，宣傳七夕祭的重要海報才印好。海報上畫著七彩的煙火、鮮紅的鳥居以及掛著短箋的赤竹，讓人一看就知道是七夕祭。這張海報是擅長繪畫的朋友幫忙畫的，然後在附近的影印店靠關係以超低價格幫忙印刷。雖然距離祭典已經沒剩幾天，但我希望盡量宣傳讓更多人來參加。為了讓更多人來玩，我儘可能印出充足的張數。

「阿姨，海報已經印好，我帶過來了。」

「哎呀，已經好了啊？讓我看看。」

雖然下起太陽雨，但我總算在海報被淋濕前衝進三波屋。三波屋的阿姨一副等很久的樣子，馬上打開海報，還發出小小的歡呼聲。

「好厲害喔！看起來很棒、很棒啊！時間這麼短還能做得這麼好。」

「多虧朋友很努力幫忙。還有影印店也是，因為有阿姨牽線，所以才算我便宜。」

「開店開久了，這種時候就能派上用場。當然，活動當天我也會盡量幫忙。」

三波屋的櫥窗依然排列著可愛的和菓子。其中能在攤販販售的商品，祭典當天也會在神社販賣。章魚燒店的太太幫我接洽後，三波屋也跟著幫忙。

「海報我就貼在外面看起來醒目的地方。認識的商店我也會請他們幫忙貼，妳多給我幾張吧！」

「真的嗎？拜託您了！」

我深深鞠躬。明明店裡的生意也很忙，卻願意幫助我，真的是感激不盡。

「時間快到了呢。真是越來越期待了對吧！千世妹妹。」

「是啊。不過我還有很多地方不安心，沒有什麼餘裕能抱著期待的心情。」

「沒問題的，一定能順利舉辦。」

因為阿姨的笑容，讓我多了一點勇氣。光是那句沒問題，有時就能強而有力地在背後推我一把。沒問題，妳可以的。我在心裡對自己說過好幾次。我的確仍然覺得不安，現在還在準備階段，所以沒有空享受，但我一直告訴自己沒問題，拚命向前走，因為我有重要的任務一定要完成。我只能朝著目標衝刺。等我成功之後，一定能打從心底笑出來。

「常葉神社的七夕祭啊。我都已經忘了以前曾經辦過。如果千世妹妹沒有說要辦的話，應該就會一直被遺忘了。」

阿姨突然說了這麼一句話，然後聳著肩膀笑了。

「啊，千世！喂——」

此時，我聽到外面有人叫我。一回頭，聽見腳踏車的煞車聲，接著紗彌便慌慌張張地衝進店裡。

「糟糕，下起太陽雨了！都淋濕了，可惡。」

「太陽雨不重要啦！紗彌妳看，海報印好了。」

「喔喔，很棒啊！很顯眼，非常好。感覺小孩也會喜歡。」

「嗯，總之要廣為宣傳才行，不然就做白工了。」

「只是辦祭典沒意義，要有人來才行啊！」
嗯，我們相視點頭時，突然伸出一雙手。那雙手拿著三波屋的經典商品山藥甜饅頭。
「妳們兩個都很努力，所以阿姨請妳們吃。吃吧！」
「太好了！」
「謝謝您！我又有活力了！」
紗彌接過一個甜饅頭，在店前的長椅上稍作休息。太陽雨漸漸停了，天空很藍。這場雨是從哪裡下的呢？
裝飾七夕竹的事情很順利。奶奶使出渾身解數，找來附近短歌社團的同好一起做了很多裝飾品。」
「這樣啊，幫我謝謝紗彌的奶奶。」
「不過，奶奶說要謝謝妳喔。她說妳一個人想重新操辦很久沒辦過而且是已經被很多當地人遺忘的祭典，真的很厲害。」
「沒有這回事，我只是出一張嘴而已。」
「不不，千世很厲害啊。我已經告訴奶奶，千世是神的助手，當然很厲害啊！」
「呃……紗彌，拜託妳不要說出去啦！這樣不是會出現奇怪的傳聞嗎？」
「畢竟那是真的啊！而且，千世也是因為這樣才這麼努力對吧？」

紗彌一鼓作氣把剩下的甜饅頭往嘴裡塞，然後歪著頭說：「對吧！」我笑著回答：「真拿妳沒辦法。」

我由衷覺得有紗彌在真是太好了。同時也再度覺得紗彌真的好厲害。如果我站在她的立場，一定沒辦法如此相信對方並且一起努力。我現在之所以能不放棄繼續努力，都是因為有紗彌在。

「我也好想見見千世的神明喔。」

紗彌突然說了這句話。

「他不是我的神明，是大家的神明喔！」

「那他也會在我面前現身嗎？」

「他一定很喜歡紗彌，因為那傢伙喜歡有夢想的人。」

「喔喔，我終於要受神明眷顧了嗎？」

「紗彌本來就已經很受神明眷顧了啊！」

「如果我受神明眷顧的話就不會考不及格然後補課了。」

「說得也是喔。」

不過，這個世界上雖然有很多人受神明眷顧，但被神詛咒、被神騙的人應該只有我一個。如此想來，那段氣死人的回憶，其實還頗令人驕傲的。

「那我還有事情要做，就先走囉！」

紗彌站起來，剛好現在已經放晴了。

「要做什麼？我還有拜託妳什麼事嗎？」

「祭典的活動時間表要重新製作。奶奶號召了很多人，結果還有一些出乎意料的團體也想參加。一些同好會都說很高興有這種可以輕鬆參加的活動。不只奶奶那個年紀的，就連年輕人的社團都有好幾組說想參加。」

「真棒，剛開始還擔心沒有人想來表演怎麼辦。」

「我打從一開始就不擔心這個啊。奶奶還有參加篠笛同好會，經常和其他樂器的社團一起辦迷你演奏會，所以有地方可以表演的話，他們一定會想參加的。」

「紗彌的奶奶興趣真多耶。」

「對啊，很好笑吧。」

紗彌騎著腳踏車英姿颯爽地穿越商店街。我也站起身，小心地抱著剩下的海報。太陽雨已經停歇的天空中出現七色彩虹，彷彿在替我加油。

◇◆◇

距離祭典倒數一天。終於來到如果沒有意外的話，就能順利舉行的那一天。

我一週前就已經確認明天整天都會天氣晴朗。煙火大會一定會按照預定舉辦。在很多人的幫助下，莽撞的計畫順利進行，一切總算按我當初想像的樣子成形。神社那裡已經架好舞臺的骨架也做好擺攤的準備，接下來就剩下當天來參加的民眾了。
今天要完成神社境內兩根主要赤竹最後的七夕裝飾。紗彌、紗彌奶奶、奶奶的朋友還有商店街的部分商家，都一起來完成華麗熱鬧的祭典舞臺。
「聽說常葉神社的神非常漂亮喔。」
正在組裝精巧裝飾的紗彌奶奶抬頭望著神社的屋頂這麼說。我覺得她可能不認識常葉，但應該在哪裡見過。
「欸，千世，神的事情是真的嗎？」
紗彌偷偷在我耳邊問。
「這個嘛，嗯，對啦。長相是美得令人屏息。」
「真的假的！那我就更想見一面了啊。不過，既然神社有這麼美麗的神，就得裝飾得更加華麗才配得上這尊神啊！」
「對啊，要熱鬧得讓他從遙遠的天空也能看到。」
我把梯子架在赤竹旁邊，抱著裝飾爬上去。兩根赤竹由我和紗彌各負責一根，掛上華麗的裝飾品。
這些赤竹就是祭典的主角。雖然沒有赤竹也能辦祭典，但沒有赤竹就不能稱為七夕祭了。為了讓明天來參加祭典的人能夠玩得開心，我想用非常美麗、像夢一樣的華麗裝飾，讓大家留下回憶。
「千世，好期待明天喔。」

紗彌從赤竹之間露出臉來。

「嗯，對啊。」

「到目前為止都很順利，明天一定會是一場最棒的祭典。」

「嗯，希望如此。」

「什麼叫希望如此，妳在擔心什麼嗎？」

「這個嘛，我就擔心一件事。」

準備的確很順利，現在對舉辦祭典沒有什麼好不安心的。不過，硬要說的話，唯一擔心的就是天氣預報失準，遇到天氣不好的狀況，不過應該高達九成九的機率會準吧。只是還有一件事現在無法知道，只能等到明天才能確定。

「不知道是不是真的會有人來。」

祭典本身已經準備到隨時都能開始的地步。不過，就算開始，祭典也不能算是成功。如果沒有吸引很多人來神社玩、享受祭典的氣氛，那就沒有意義了。

「的確，準備的時間很短，不知道有多少人知道這個祭典。」

「而且明天有煙火大會，那裡的會場好像也有攤販。」

「是啊，那裡往年都很多人。」

「雖然覺得已經盡力，但其實不到當天還是無法知道會怎麼樣。」

「是啊。」

只有這件事得等到明天才能確認了。

不過，如果完全沒有人來的話該怎麼辦？雖然不願意去想，但這個問題還是會不自覺地浮現。

沒有人來參加的話，祭典就算失敗。一切都只是徒勞無功。不僅對幫忙準備的人很抱歉，也沒辦法實現常葉的夢想。明天鎮上也會舉辦煙火大會，而且是我決定要在同一天舉辦的。畢竟如果夜空裡沒有煙火的話，就不能說和以前一樣。

但是和煙火大會同一天，就表示人潮會被吸引到煙火大會的會場。紗彌說過這座神社是內行人才知道的煙火私房景點。也就是說，很少人知道從這裡可以清楚看到煙火，就算知道有祭典，也很可能不會來。

「……不過，現在只能做我們能做的事了。」

沒錯，想太多也沒有用。當初就是因為沒有想太多，才能做到這個地步。如果認真用頭腦思考，我應該也不會想到要辦祭典。現在只能一路衝刺到最後了。

「很好，千世，就是要有這種氣魄。」

「紗彌，我們要趕快掛完裝飾才行，接下來還要在短箋上寫願望。」

「那是我們最後的工作了。」

「嗯，我們要把大家的願望傳達給神明啊！」

一切都要等到明天才知道結果。屆時才能知道我完成了多少事？傳遞了多少願望？

為了那個獨一無二的神明以及相信我的每個人，現在只能相信不可靠的自己，盡力完成能做到的事。

結束裝飾和其他準備工作時，已經傍晚六點了。雖然還有陽光，但已經染上夕陽的色彩。

我和紗彌在商店街告別，一個人走在街燈亮起前微暗的路上。抬頭看天空，星星還沒有出現。看著混合深藍色和橘色的天空，總覺得很不安。

明天，大家真的會來嗎？常葉會看到嗎？大家會玩得開心嗎？會露出笑容嗎？因為天空的顏色太不可思議，所以我才一直想著這些事。

「千世姊姊！」

聽到有人呼喚，我回頭看。之前幫忙常葉的工作時遇見的小結和她的媽媽，在後面的十字路口朝我揮手。小結的臂彎裡抱著一隻黑貓。小結媽媽的推車裡也有好幾隻小貓在動。

「小結，好久不見。這孩子就是小黑對吧？小黑也好久不見。」

「耶嘿嘿，小貓都在這裡喔。」

「喔喔，都長大了呢。」

推車裡有三隻黑色小貓。和小黑一樣，三隻都只有額頭上有一個白點。之前還只有一個手掌大，一陣子沒見到就已經長大很多了。看貓咪們都很有精神，想必小結家把牠們照顧得很好。

「我們要帶小貓去做健檢，順便也幫小黑檢查。因為小黑本來是流浪貓，所以怕她會生病。」

「不過，醫生說她很健康。小貓們也一樣健康。」

「這樣啊，太好了。」

我輕輕撫著小結臂彎中的小黑。小黑一副嫌麻煩的樣子，喵了一聲便閉上眼睛。

「對了，千世姊姊！」

小結突然開口說話。

「明天要在神社辦祭典對吧？」

「咦？妳知道啊？」

「我看到海報了喔！我看到貼在商店前的海報，媽媽告訴我會在之前我去許願的神社舉辦。」

小結興奮地說著，我只能無力地回答「這樣啊」，但其實我興奮地想大叫並且抱緊她。

好高興。一切並非徒勞無功，還是有人看見的。

「因為地點是在常葉神社，所以我們在想這件事說不定和千世小姐有關。」

小結很興奮，媽媽摸了摸她的頭。

「所以我和小結兩個人到處宣傳。煙火大會一定很擠，所以通常有很多鄰居那天都不會去。我們宣傳神社的事之後，大家都很有興趣喔。」

「真的嗎？謝謝妳們。我真的很開心！那個，祭典一定會很好玩，而且還可以看到煙火。」

「太好了！真希望明天快點來。」

「千世小姐果然也有參與那個祭典。我們也會去玩，到時候就拜託妳了。」

「別、別這麼說！」

祭典的事已經傳達出去了。真的有人看到。真的有人期待祭典、等待明天到來。

既然如此，我就要想辦法讓來參加的人玩得開心才行。只有人來神社，也沒有意義，一定要讓來參加祭典的人都感到滿足、開心、充滿歡笑。

「小結也會帶很多朋友去玩的！」

「嗯，謝謝妳。請妳告訴大家這是七夕祭，所以要好好想想自己有什麼願望喔！」

「七夕？」

「對啊。常葉神社供奉的神明是夢想之神，所以大家在短箋上寫下願望，就可以傳達給神明了。」

「傳達給神明？真的嗎？」

「真的。只要用心寫，神明一定會聽到妳的願望。」

「我知道了！那小結也可以寫嗎？」

「當然啊。來神社就可以寫，很期待明天對吧！」

我揮手和小結道別，然後跑著回家。準備了一整天之後，應該已經沒有什麼體力了，但我一點也不覺得累，一心只想著希望明天能快點到來。

希望明天能快點到來，然後趕快開始祭典。

就像我之前在夢中見到的光景一樣，再次在那座神社重現常葉曾經非常珍惜地凝望著的景色。

◇◆◇

深藍色的天空廣闊無垠。一週前天氣預報就說會是晴天，但我仍然很擔心，所以每天做晴天娃娃，這下辛苦總算有回報了。天上一片雲都沒有。到了晚上一定能清楚看見星星和煙火，大家的願望一定也能筆直抵達天際。

我從衣櫃裡拉出國中時買的浴衣。那是白底配向日葵花樣的款式，腰帶選了漂亮的草綠色。我自己當然不會穿，所以拜託媽媽幫我穿。

剛好在綁完腰帶的時候，玄關傳出門鈴聲。還沒開門我就知道是誰來了，所以就由我去應門。

「歡迎啊。」

「……妳好。」

這個傢伙。明明可以說句「浴衣很可愛」之類的話，但他仍然一臉淡然，我真的被打敗了。站在玄關的大和並沒有打算說出我想聽的話，一臉困擾地俯瞰正在瞪著他的我。

「什麼妳好，這個不懂少女心的傢伙。如何？我穿浴衣看起來怎麼樣？」

「啊，原來如此……我覺得很好。」

「原來如此可以去掉，而且稱讚得非常生硬，算了，既然是大和就算你過關。馬上就要出門了，你要不要先喝點茶？」

「嗯，好。不過，穿浴衣不熱嗎？」

「沒問題啦。這點小事我能應付。」

大和一到，媽媽馬上開始準備冰麥茶，爸爸則是準備茶點。我告訴爸爸：

「我們馬上就要出門，不要聊太久。」

提醒爸爸這件事之後，我就迅速做好剩下的準備。

頂著大熱天走路，深深覺得白天穿浴衣真的很辛苦。真希望現在立刻就有涼水從頭上澆下來。

「好熱……」

「所以我剛剛才叫妳換成短袖啊。」

「因為我跟紗彌約好要穿浴衣了啊！」

「可是祭典是五點開始吧？到時候再換不就好了？」
「還要回家一趟很麻煩耶。」
「那就只能忍耐了。」
「可惡……」
已經習慣外面酷熱天氣的大和，在這種盛夏時節仍然踏著輕快的步伐前進。因為是運動員，所以大和一副再熱一點也沒關係的樣子，一滴汗都沒有流，顯得若無其事，反倒讓我覺得很火大。
「啊，話說回來，大和，甲子園的事情真是太可惜了。」
「妳知道比賽結果了？」
「嗯，我有看比賽。新聞也有播。」
前幾天開始的甲子園賽事，大和的高中才出賽一場就輸了。對手並不是太強的學校，但大和的學校因為王牌在賽前缺席，成為他們最大的敗因。
後來大和受傷的消息傳了出去，大家議論了一段時間。同時受到職棒注目的明星選手受傷並且離隊一事廣受矚目，電視上也播出好多次球隊少了大和的結果。雖然我對那些莫須有的報導目瞪口呆，但也輪不到我生氣。因為大和本人一點也不在意那些事情。他只想著與其被那些局外人說的話影響，不如為大家好好做自己力所能及的事。甲子園比賽時，大和仍到場坐在場邊的板凳上。
「大家都很努力。這次是因為我給大家添麻煩，明年的夏天一定會拿下優勝。

雖然不知道自己能做什麼，但我接下來還是會繼續支持大家。」

其實他一定很希望自己站在投手丘上。我覺得大和心裡的那個想法永遠都不會消失。但是，仍要抱著那個想法往下一條路前進。現在受重傷的右手仍然無法拆下繃帶，但總有一天那雙手一定會以別的形式給予很多人力量，也會讓大和筆直向前行。

「如果是大和的話一定能做到。沒問題的。」

「千世說的話總覺得不太可靠啊。」

「你說什麼！那我以後不要支持你了！」

「我開玩笑的。有妳在真好，謝謝妳。」

大和笑了。雖然我心想「那是一定要的啊」但沒說出口。

飛機飛過厚重的藍天。

「話說回來，今天沒有社團活動嗎？」

「今天本來就休息啊。就算有練習，我也打算低頭道歉然後請假。」

「是喔。你有來就好，不過我本來覺得大和不會為了參加祭典做到那個程度就是了。」

「為了常葉先生我一定要來啊，我還有很多地方要跟常葉先生道謝。」

我已經告訴大和，常葉神社快要被拆掉的事情。也說了常葉可能會和神社一起消失，所以才要再辦一次七夕祭。雖然我沒說出口，但大和一定知道，這可能是最後一次了，所以今天無論如何都要趕來。因為今天可能是最後一次和常葉見面的日子。

——喀答，柏油路上傳來木屐的聲音。穿不習慣木屐的我，和常葉穿木屐時發出的聲音完全不同。常葉的腳步聲更輕快。而且感覺那個聲音可以傳到遠處，但又若有似無地聽起來很舒服。

「對了，要去買常葉先生喜歡的甜饅頭才行。我答應他了。」

「沒問題啦，三波屋會在神社賣烤甜饅頭。」

「那就到那裡再買。」

「嗯。受神明喜愛的店家，當然要在祭典的時候擺攤啊！」

「對啊。欸，要是能見到常葉先生就好了。」

雖然是對我說的話，但聽起來很像喃喃自語。

「一定能見到的，常葉一定會看著這場祭典。」

我踢了路邊的小石子一腳。因為穿著木屐動作不太流暢，小石子稍微彈起來一下就停住了。

「說得也是，他一定會來見我們。」

天空還很明亮，離夜晚還很遠，但是已經快了。

過去的回憶，會再度重現。

排。

我們抵達神社的時候，已經有人在做準備了。攤販準備擺攤，節目也已經在彩排。

「千世！」

先到的紗彌在裡面對我揮手。然後在我揮手之前，紗彌的大叫聲就響徹整個神社境內。

「咦咦咦！神崎同學？咦？是本人嗎？等一下，欸，是本人嗎？」

大和要來的事情，我沒有告訴紗彌。因為我猜大和可能會因為社團活動不能來，要是紗彌有過多的期待就太可憐了，所以直到當天我都沒說。結果變成大和驚喜登場，紗彌看起來也很高興，真是太好了。

「騙人，等一下，千世，我都還沒寫願望就已經實現了耶！」

「真是太好了，紗彌，妳一馬當先實現願望了。這樣一來，大家可能會覺得這裡很靈驗喔。」

「那個，我是千世的朋友西澤紗彌，請多多指教。」

「啊，呃……我是神崎。」

「我知道！我很喜歡你！」

「咦……咦？」

「啊，紗彌是你的粉絲。」

我拋下以為是公開告白而困惑的大和與紗彌，到處巡視正在準備中的神社境內。昨天掛的裝飾仍然讓祭典的會場充滿色彩。赤竹朝氣蓬勃地向天空伸展，正等著大家來寫願望。

「千世妹妹，馬上就要開始了呢。」

章魚燒店的大叔對我說。

「一切都準備好了，就等祭典開始。」

三波屋的阿姨今天也帶來很多自豪的商品。還有紗彌的奶奶、其他相關工作人員，都來幫忙七夕祭。

「各位，」

在場的每個人都為了今天而拚命努力，而且期待今天的活動。我希望每個人都能展露最棒的笑容。

「真的很謝謝大家。今天就拜託各位了。我們一起享受祭典吧！」

我認真地深深低頭鞠躬。聽到拍手聲抬起頭來，大家都笑著看我。

我深深呼吸，用笑容回應大家。

祭典傍晚開始。

常葉神社的七夕祭就快要開始了。

周遭開始慢慢變涼。不過夏季的天空仍然明亮，快要下午五點了。

配合七點開始的煙火大會，祭典決定在五點開始。

這一帶瀰漫著攤販傳出的美味香氣，樂團已經開始在舞臺上演奏，祭典隨時都可以開始。接下來，只要有人就行了。

我看著手錶，再過幾分鐘就五點了。

我和紗彌對看一眼。我從剛才就一直很不安，流著不明所以的汗。

「快要五點了，紗彌。」

「嗯，對啊。快要五點了。」

「要是有很多客人來就好了。」

「沒問題啦，我在路上有看到好幾個穿浴衣的人。」

「那是要去參加煙火大會的人吧？」

「應該吧。」

不行。儘管紗彌再三說沒問題，我還是很不安。緊張的情緒已經超越極限，感覺現在隨時都會噴鼻血昏倒，連自己現在雙腳有沒有著地都不太知道。

會有人來嗎？拜託，一定要有人來。拜託大家，一定要來。想要吃什麼我都請客。

我看著手錶。差不多該有人來的時間，神社依然一片安靜。

「還有一分鐘。」

所有人都往紅色鳥居的方向看。

緊緊盯著可以俯瞰整個城鎮，不動如山的景色——

「千世姊姊！」

我看到一顆小小的頭。一張小臉從鳥居那裡探出來，笑著對我揮揮手，同時又有好幾顆頭跟著登上階梯。

很多腳步聲，還有歡笑聲。同時，音樂也變得很大聲。大家開始一起喧鬧。

「千世姊姊，我們一起來玩了！」

那句話就是七夕祭開始的信號。

◇◆◇

誰會想到能有現在的光景呢？大家都希望能實現，但沒有人想到真的能實現。一到五點，就來了一大批住在附近的小孩。在攤販買東西吃、玩遊戲、寫心願，在神社境內跑來跑去，大家都玩在一起。再過一段時間，也開始有一些老人家過來。好像是紗彌奶奶的朋友，準備來聽篠笛同好會的演奏。舞臺上變得更熱鬧，炒熱了整個會場的氣氛。

天色漸暗之後，穿浴衣的人就變多了。因為紗彌到階梯下，攔截了要去看煙火的客人。告訴大家從神社可以清楚看見煙火而且還有祭典活動。資訊漸漸傳開，眼看著神社境內已經擠滿了人。

到處都有人。每個人都玩得很開心。現在有很多人聚集在這裡，讓人完全無法想像平常神社的冷清。

太陽已經完全下山的時候，神社境內亮起燈光。接下來才是祭典的重頭戲。再過三十分鐘，天色會變得更暗，煙火也要開始了。

「大姊姊，我寫好了。幫我掛上去。」

「好啊。你寫了什麼？」

「我想跟外星人當朋友！」

「不錯耶。如果實現的話，請介紹給姊姊認識。」

「我想要在巧克力工廠工作！」

「下次補習班的考試要考一百分！」

「好，大家的願望神一定會聽到。」

「七夕不是應該要有牛郎和織女嗎？」

「嗯。我會問問看這座神社的神。」

我負責把客人寫的短箋掛在赤竹上。穿著不習慣的浴衣爬梯子雖然辛苦，但因為事情太多，很快就沒有餘裕去在意這些小事。大家紛紛把短箋遞給我。由於任何人都能自由書寫，所以無論大人小孩都紛紛在彩色的短箋上寫下自己的願望。

昨天和紗彌一起裝飾的赤竹，被七彩的短箋裝飾得更加五彩繽紛。即便如此，還有很多短箋等著被寫上願望。

有多少人，就有多少夢想。

莽撞的夢想、踏實的夢想、遠大的夢想、渺小的夢想、絕對不可能實現的夢想、近在眼前的夢想……

雖然都是夢想，但各有不同。就像我們都是人，但每個人都獨一無二，夢想也各有各的顏色和形狀，而且每個都是重要的夢想。

那是在大家心中永遠強烈閃耀，照亮前行之路的光芒。

「千世，換我來吧。妳去休息。」

「紗彌。」

原本應該在舞臺那裡幫忙的紗彌，不知道什麼時候來到梯子下。

「那邊已經沒問題了嗎？」

「那邊讓他們自由發揮。我請他們遵照節目表進行，所以沒問題。有什麼狀況我會馬上過去。」

「那我就稍微休息一下，謝謝妳。」

「嗯，去吧。」

我把短箋的工作交給紗彌，走向位於深處的神社。我平常坐的位置會擋到來參拜的人，所以我往角落走，從沒什麼人的地方看著祭典熱熱鬧鬧的樣子。

從遠處看那兩根赤竹，更顯得絢爛，而且還有很多短箋掛在延伸的細竹枝上。

每個攤子都人潮洶湧。現在剛好是大家肚子餓的時候，很多人雙手拿著食物邊走邊吃。射箭、撈金魚等玩遊戲的攤販也很受歡迎。舞臺上一開始就氣氛熱烈，觀眾跟著拍手大笑。
熱鬧的歌曲和舞蹈、一整排的攤販、七夕竹裝飾、穿著浴衣歡笑的人們。
「……」
有聲音，心裡傳來歡樂的聲音。
最喜歡的人就在身邊，和喜歡的人聊著瑣事，等待黑夜降臨，然後偶爾抬頭看天空。
「常葉。」
大人小孩都在短箋上寫願望。
無論是渺小的願望，還是遠大的願望，都用心寫在短箋上，祈求有一天會實現。
「欸，常葉。」
有很多人在這裡。每個人的心都不同，但大家因為同樣的心情聚集在這裡。
——我想看到大家的笑容。
你看啊！這就是你想看到的景象對吧？
不管自己的處境如何，這就是你最想實現的願望。
——我想看到大家開心、歡樂的笑容。
城鎮居民的笑容、非常歡樂的笑容。
我想讓你看看和你回憶中一模一樣的景色。

「你看，常葉。」
「嗯，我看著呢。」
我聞到一陣柔軟溫和的花香。
銀髮和他最喜歡的羽織和服被風吹動，常葉就站在我身邊。
「……常葉。」
「我都有看到喔，千世。我一直看著呢。」
「大家都在笑喔。」
「是啊，看起來很歡樂呢。大家都打從心底歡笑。」
我看著常葉的側臉。他一定沒有發現，看著大家歡笑的自己，露出比任何人都開心的表情。
我想起以前的那個夢，讓我馬上就發現那是常葉的回憶的夢。在那個夢中，常葉也像現在一樣露出相同的笑容。希望大家快樂、開心，看到大家的笑容他最高興。那個時候也一樣……現在他也露出和當時相同的笑容。
「千世。」
「什麼？」
「謝謝妳。」
我的視線和回過頭來的常葉交會。
「沒想到還能再見到這個景色，都是託妳的福。」

「……當然啊。因為我是這個神社的神明最有能力的助手。區區一個願望，輕輕鬆鬆就能實現。」

「說得也是。妳本來就是只要願意就能做到任何事的孩子。做得很好，千世。」

常葉摸了摸我的頭，我急忙往下看。

太危險了。剛剛差一點就哭了。我已經決定今天絕對不哭，因為今天是大家一起歡笑的日子。

「常葉先生！」

那是大和的聲音。發現常葉之後，大和急忙趕過來。

「這不是大和嗎？又見面了呢。我一直很想見你，最喜歡你了。」

「謝、謝謝你，今天一直被告白呢。」

大和一副很困擾的樣子垂下眉毛，然後把紙袋遞給常葉。那是三波屋的新產品，今天在這裡販售的烤饅頭。

「是常葉先生喜歡的那家店，我在賣完之前買到了。」

「啊，謝謝你，大和。你真是個好孩子。」

「應該是我要道謝才對。常葉先生，謝謝你。因為你，我總算踏出下一步。」

「不，那不是因為我，是因為大和很堅強啊。」

「即便如此，我也想向你道謝。常葉先生，我也很喜歡你。」

常葉嘴裡塞滿甜饅頭，緊緊抱住說了這些話的大和。在旁邊看著這一幕的我，本來已經快要流下的眼淚瞬間收住，心想這傢伙果然還是比較疼愛大和。我帶著些微怒意，視線從兩個相擁的男人身上移開，抬頭望著天空。不知不覺中，天色已經完全暗下來了。

「欸，千世！」

赤竹下的紗彌呼喚我。

「是不是差不多要開始了？……那個人該不會是……」

紗彌說到一半的時候。

天空傳來巨響，突然變得很明亮。

周圍出現熱烈的掌聲和歡呼。音樂聲停了下來，取而代之的是好幾聲足以迴盪在腹中的巨響。

天空染上好幾種色彩。在一片黑暗中，綻放大朵大朵的花。

那就是點綴夜空的巨大煙火。

「好棒喔……」

「煙火啊。對了，剛好是今天呢。」

「本來就刻意選在放煙火這天辦祭典啊。以前都是一起辦對吧？」

「嗯，真的就像以前一樣。」

每個人都停下動作，看著夜空。煙火不斷升空，色彩斑斕地照亮夜空以及看著煙火的人們，然後消失不見。
「大和。」
在煙火聲中，常葉呼喚大和。
「什麼事？」
「千世可以借我一下嗎？」
大和看著我。然後微微一笑。
「好啊。」
就在我心想怎麼回事的瞬間，常葉抱起我。不像之前那樣被扛起來，這次是扎扎實實地被抱在懷裡，身體不得動彈。
「等等，咦，常葉！」
「出發了，千世。」
「出發是要去哪裡……哇啊！」
身體輕飄飄地浮起，我立刻抓緊常葉的和服。因為用力閉上眼睛，所以只能感受到常葉的體溫和風吹過而已。
我發現煙火的聲音越來越大。相對地，感覺周圍的喧囂離我越來越遠。我應該是飛在空中吧。和之前爬上屋頂不同，這次往更高、距離星星更近的地方前進。
「張開眼睛吧，千世。」
耳邊聽到這句話，我慢慢睜開眼睛。

映入眼簾的是超近距離的巨大煙火，就在我眼前綻放，還可以看到火星緩緩落下。我驚訝得說不出話。第一次不用抬頭就能看煙火。

「妳大概沒什麼機會可以這麼近距離看煙火吧。好好記住這個景色啊！」

「嗯……」

煙火紛紛往上升，在我們眼前絢爛地綻放。在夜空裡劃出一道光線，然後開出一朵巨大的花。

「千世。」

看了好幾發煙火之後，常葉呼喚我的名字。

「我的工作其實不是實現願望，而是守護大家的願望。包含還在實現中、已經實現、無法實現的願望在內，無論那個願望只有一瞬間還是很長久，我都會一直守護人們心裡的夢想，讓確實閃耀過的願望永遠照亮人們的道路。」

最後的一發煙火，比之前的更大更美。當小小的火星都落地時，底下傳來熱烈的歡呼和掌聲。

煙霧漸漸散去，寂靜的夜空在煙火消失後，出現微微的星光。

夏季星座鎮守的天空，祭典快要結束了。

「千世，我會一直守護妳收集來的願望。」

我順著常葉的視線往下看。神社的一隅，朦朧地散發七彩的光芒。

那是燈籠的光嗎？不對，燈籠沒有這麼多顏色。那個位置應該是放置赤竹的地方。

對了，那是——大家寫在短箋上的願望。

「大家的願望，我都聽到了。」

一個、兩個，不同顏色的光朝天空飛去，有好幾道光芒徐徐地在天空起舞後。

一陣強風吹來，那是從底下吹來的風。

——那一瞬間我閉上眼睛，等我再度張開的時候……

無數的光芒同時畫出光線，飛過我眼前。

「常葉！」

「妳也好好看著吧！這是大家的夢想。非常重要的心願。」

我用力抓緊和服，眼睛緊盯著那些光芒。

忘記眨眼，也忘記呼吸。

我看著多道光線往天空飛去。

那是大家的夢想，好多的夢想，也是重要的希望之光。

最後一道光，咻地融入黑暗之中。神社那裡又傳來拍手聲，大家一定以為那是煙火吧。在場的人也看到那些光芒了。自己的夢想已經傳達到神那裡，有神守護，而且成為確實的指標，永遠照看著自己。

「千世，妳有夢想了嗎？」

常葉說。我沒有點頭，只回答：

「現在還不是很清楚。不過，我想成為別人前進時，永遠能在一旁陪伴的人。」

那是我唯一的發現。用自己的智慧和能力幫助別人雖然很帥氣，但再怎麼想我也沒辦法做到那樣的事，而且也沒有人期待我這麼做。當然，別人痛苦的時候，我也沒有辦法幫忙分擔一半。

不過，至少我能用相同的心情，站在那個人身邊。雖然不能解決任何問題，可能反而更麻煩，但是比起一個人默默煩惱，和身邊的人一起大哭會比較好。

陪著那些蹲在地上的人身邊一起煩惱，搭著肩膀站起來並肩而行，到了該分開的時候就笑著揮手道別。這一點我也能做到。

「還有啊，如果有想實現的夢想，我也想幫忙實現。我想成為那樣的人。」

「嗯，這樣很好。」

常葉和我的額頭互相貼在一起。我漸漸感覺額頭變熱，好像聚集了什麼的樣子。

「那個渺小又模糊的夢想，一定會為妳開闢道路。只要順著指標前進，一定會看見新的希望。前進吧，千世。不要害怕，看著前方。妳踏出的每一步，都會連結到嶄新的道路。」

兩人的額頭分開後，從分開的地方冒出淡淡的光芒。柔和又微弱的白光。

那是我的夢想。

「千世，妳的願望，我聽到了。」

我的目光追逐著飛至空中的光芒，直到消失不見為止。我那個非常渺小的夢想，今後一定會在遠方閃耀，照亮未來的路吧！那是我非常重要的夢想泉源，也是專屬於我的指標。

「欸，常葉。」

「嗯？」

「你要好好守護我的夢喔。不要消失，一直看著我。我接下來一定會變成大人，找到很多各式各樣的夢想。」

今後還不知道會遇到多少事情。我會找到很多新事物、遇見很多人、經歷各種事。然後在這之中，找到新的夢想。一直到我某天抵達終點為止，直到那天為止。

「我知道了。」

常葉這樣回答，然後笑了。因為他的笑容實在太美，讓我沒有辦法像他一樣笑出來。水滴一點一點地落在手背上。又是太陽雨嗎？最近好常下太陽雨。不過，我當然知道那不是太陽雨。

「常葉，現在先不要看我。」

「我已經在看了。」

「所以我才叫你不要看啊。」

「哭並不是壞事。」

「我知道不是壞事。但是，一碼歸一碼，我只是因為覺得很糗，所以不想被你看到。」

「不必在意。我已經看過很多次妳出糗的時候，看到不想看了。事到如今才想躲啊？」

「少囉嗦，笨蛋，自以為是的神明，美型渣男。」

「喂喂，要哭還是要生氣，選一個就好。」

「那我要笑，你等一下。」

我雖然這樣說，但事情沒那麼順利。眼淚止不住，我只能邊流淚邊笑。

啊，你看，我就知道。你笑了。和我完全不一樣的、比任何人都漂亮的臉蛋笑著，看起來比任何人都開心。你看到人類的笑容，就會跟著笑。

「常葉。」

「嗯。」

「我喜歡常葉。我也覺得遇見你真是太好了。永遠不會忘記你的。」

「嗯。」

常葉這樣低語，然後把嘴唇貼在我的額頭上，就像我們第一次見面那天一樣。

不過，一切都不同了。

今天的景色和那天不同。以前找不到的路，現在已經清晰可見。我明確的未來之路，無論到哪裡都能無限拓展的道路。

「我也最喜歡妳，千世。」

以後無論到哪裡，這個地方都會是我的指標。就算有天再度迷失，回頭就會想起在這裡發現的渺小光芒和對我揮手的人，讓我能安心向前看，然後踏出新的一步。

「但願，」

所以，無論在何處都請你守護我。守護我笨拙又不帥氣的背影。無論再怎麼丟臉，我都會努力試著往前走。

走在我的神明幫我找到的道路上，而且充滿笑容。

「妳無限的未來裡，充滿幸福。」

雖然尚在路途之中，不過我現在已經在前進了。

「糟了！錢包裡面只有兩百日圓。」

「什麼？快點去那邊的便利商店領錢，我在這裡等妳。接下來要去紗彌的店對吧？只有這點錢什麼都不能買啊！」

「很麻煩耶，你先借我啦！我下次還你。」

他嘆氣假裝沒聽到。我拋下大和，盡量邁開步伐走在全新的紅磚道上。

「不過，這一帶的氛圍完全不一樣了耶。那座神社的土地後來建了什麼？」

「建了很大的公寓，還有附公園。聽說是這一帶最受歡迎的建案。」

「這樣啊……感覺很寂寞呢。」

「會嗎？」

不知道是不是不認同我的回答，大和沒有追上來，默默走在我身後。這裡是嶄新的住宅區。這一帶最近終於完成施工，還有很多閒置的土地和建築物。

「大和要不要搬到這裡來？你看，這棟房子要賣耶。」

「我還是學生，怎麼買得起啊。」

「沒關係啦，一起住嘛！」

「什麼意思，妳是在跟我求婚嗎？」

「有心動的感覺嗎？」

「沒有。」

要是稍微露出害羞的表情一定很可愛，但他還是一副撲克臉，我真的被打敗了。和高中的時候一模一樣，完全沒變。唯一和那個時候不同的地方，應該只有頭髮長了一點吧？大和已經不是棒球少年了。

成為社會人士已經四個月。一點也不特別的我，在一般公司當普通的員工。如果能獲得了不起的知識或技術，考到特別的證照，從事令人驕傲的工作，再帥氣地幫助他人當然最為理想，但偏偏我至今仍然是平凡到不行的人類。沒有擅長的事，也沒有比別人出類拔萃的地方，屬於成績中下的多數凡人之一。

不過，當時許的願，現在仍然持續實踐。我想要成為那樣的人的願望，無論在任何地方都不會改變。

「千世，妳後來再也沒見到常葉先生了嗎？」

快抵達目的地時，大和從後面這樣問我。

大和在大學攻讀運動醫學，現在是研究生。他還在實現夢想的路上。常葉要是看到現在的大和，一定會更喜歡他。

「嗯，祭典那次就是最後一面了。」

「這樣啊……」

「不過，沒關係。他已經答應我，會一直守護我的夢想。」

當時常葉說「我知道了」，所以我也會相信他。我的神明現在一定也會偶爾在某處優哉地睡午覺，然後持續守護居民的夢想。

「大和你看，就是那裡。」

住宅區的一隅，新公園的旁邊有一座剛建好的紅色鳥居，裡面有非常小巧但漂亮別緻的神明之家。

「……好厲害。那是千世的手筆？」

「除了我之外還有誰？啊，不過紗彌也有幫忙。她比我還興奮。」

「妳們竟然沒有被罵。」

「我們還是有徵求神官同意的，所以不用擔心。不過，他看到花開就說我們種太多了。」

搬遷後的常葉神社建在狹窄的土地上，和之前的占地完全不能比。神社占地本來就不大，現在每個縫隙都填滿盛開的向日葵。每一朵向日葵都像招著手說「我在這裡喔」似地朝向藍天。

「這裡的神很怕寂寞，裝飾得這麼熱鬧，他就不寂寞了。」

我把裝有伴手禮的紙袋供在神社前，裡面當然是神最喜歡的三波屋甜饅頭。

「欸，常葉。」

我對著神社拍手，合掌然後靜靜地閉上眼睛。

我沒有許任何願望。雖然有很多話想說，但是我想面對面好好聊，所以會一直保密到哪天能見面的時候再說。你到時候一定會一副嫌麻煩的樣子，然後邊吃甜饅頭邊聽我說吧！我到時候會跟你一直聊，聊到你沒時間睡午覺。

聊常葉最喜歡的、有關夢想的話題。

「好了。」

「咦？要走了嗎？」

「一直待在這裡也沒意義啊。我本來就不是很虔誠的人。好了，接下來要去紗彌實習的店！」

「妳明明就沒錢。」

我拉著不甘願的大和，沿著原路走回去。路上我只往回看了一次。在向日葵盛開的鮮黃色光景中，有一瞬間感覺到某個漂亮的人笑了，不過那應該是我的錯覺吧。

「……」

那是我的錯覺。我知道那是錯覺，但我還是朝著那個方向揮了揮手。

我在這裡喔。我很努力，而且已經開始向前走了。所以，沒關係。

常葉，你放心地看著吧。

「千世，看前面。這樣會跌倒。」

「啊，抱歉抱歉。」

我和走在身邊的大和牢牢牽著手，然後並肩而行。

以後也會一直向前走，走在不知道會通往哪裡的道路上，走在某天會出現的、專屬於我的道路上。

無論到何處，無論到何時，我都會把那道光芒當成指標。

「走吧！」

我今天踏出的步伐，也是開始的第一步。

後記

初次見面，你好。我是沖田円。非常感謝您選擇《那一天，我遇見可以實現願望的神明大人》這本書。

這部作品是我在Starts出版文庫第四本著作，選擇以「夢想」為主題。故事的開始要回溯到幾年前，第一任責編告訴我的一句話，那句話成為這個故事誕生的契機。

在我的老家，每到夏天都會辦七夕祭。老家的祭典比作品中的祭典更盛大，總是聚集很多人潮，是當地很自豪的一個活動。我小時候也會穿著浴衣，手上拿著最愛吃的雞軟骨和巧克力香蕉在城鎮裡閒逛。第一任責編為了和我開會，初次來到老家這一帶。因為在車站前看到七夕祭的海報，所以不經意地說：「要不要把那個七夕祭當成關鍵字寫個故事？」聽到責編這麼說，我也覺得「原來如此，這個想法很不錯」便馬上開始構思內容。在種種緣故之下誕生的就是千世和常葉，還有《那一天，我遇見可以實現願望的神明大人》這部作品。如果沒有當初那句話，大概也不會有這個故事。我真的非常感謝第一任責編。也很感謝老家的七夕祭。

明明是以「夢想」為主題，但本作品的主角千世卻沒有夢想。其實我學生時期就像千世一樣，是個完全沒有夢想的傢伙。沒有特殊技能，也沒有喜歡的事情，但也不是每天都不努力。儘管有很多人會支持追夢者，卻沒有人願意支持毫無夢想的人。那至少要由我來支持像我一樣的人吧。我是抱著這個想法寫完故事的。雖然我力量薄弱，但請容我支持閱讀本作品的所有人，無論是正在追夢的人、放棄夢想的人，還是尚未有夢想的人。

最後，我想感謝平時承蒙關照的責編以及出版社的每個人、描繪出令人驚嘆的景色的插畫家Gemi、每次都設計出一本漂亮書冊的設計師西村先生，還有拿起這本書的你。真的非常感謝。

願各位無限的未來裡，充滿幸福。

二〇一七年三月　沖田円

●本書為虛構故事，與真實存在的人物、團體無關。

國家圖書館出版品預行編目資料

那一天，我遇見可以實現願望的神明大人 / 沖田円著；涂紋凰譯 . -- 初版 . -- 臺北市：皇冠，2020.11
面；　公分 . --（皇冠叢書；第 4892 種）(mild；30)
譯自：神様の願いごと

ISBN 978-957-33-3631-0（平裝）

861.57　　　　109016056

皇冠叢書第 4892 種
mild 30

那一天，我遇見可以實現願望的神明大人

神様の願いごと

作　　者—沖田円
譯　　者—涂紋凰
發 行 人—平雲
出版發行—皇冠文化出版有限公司
台北市敦化北路 120 巷 50 號
電話◎ 02-27168888
郵撥帳號◎ 15261516 號
皇冠出版社（香港）有限公司
香港上環文咸東街 50 號寶恒商業中心
23 樓 2301-3 室
電話◎ 2529-1778　傳真◎ 2527-0904
總 編 輯—許婷婷
責任編輯—陳怡蓁
美術設計—嚴昱琳
著作完成日期— 2017 年
初版一刷日期— 2020 年 11 月

法律顧問—王惠光律師

讀者服務傳真專線◎ 02-27150507
電腦編號◎ 562030
ISBN ◎ 978-957-33-3631-0
Printed in Taiwan
本書定價◎新台幣 280 元 / 港幣 93 元